グイン・サーガの鉄人

The Iron Reader of Guin Saga

田中勝義＋八巻大樹・著

栗本 薫・監修

早川書房

鉄人宣言

ようこそ「グイン・サーガの鉄人」へ。

第１巻『豹頭の仮面』が発表されてから30年、グイン・サーガは多くの人々に愛されてきました。そして今でも多くの支持を得ている世界最長にして最高の物語です。

本書はそんなグイン・サーガのサブテキストとしてクイズ形式でグイン・サーガの世界を楽しく知ることが出来る本です。

グイン・サーガは長い長い物語です。読み始めたのが昔過ぎて、もう始めの頃の話はすっかり忘れてしまったなんていう方も多いでしょう。あなたはグイン・サーガについてどのくらい覚えていますか？本書であなたのグイン・サーガ力《りょく》を確認してみてください。

もちろん、最近グイン・サーガを知ったのだが巻数が多すぎてとても手が出せない、でも物語の内容は知りたい、そんなあなたにもこの本は最適です。

本書は全部で六章に分かれています。第一部は１巻から16巻まで、第二部は17巻から55巻まで、第三部は56巻から92巻まで、第四部は93巻から127巻まで、第五部は外伝１巻から21巻まで、すべて物語に沿った形で問題が出されています。１問ごとに初級、中級、上級と三段階の問題が用意されていますので、あなたのレベルに合わせて解いていってください。問題を読み、考え、答えを見て、解説を読む、これを繰り返していけば自然とグイン・サーガの物語があなたの頭の中に鮮やかに広がっていくことでしょう。

そして最後の第六部には物語の全体から選りすぐりの難問といえるスペシャル問題を用意しました。これらが解けたらあなたは真の鉄人といってよいでしょう。

さあ、それではページをめくり、グイン・サーガの世界の扉を開いてください。

あなたにヤーンの導《みちび》きと学問の神カシスの恵《めぐ》みがありますように。

田中勝義＋八巻大樹

第一部

出題範囲
第1巻～第16巻

〔中原周辺図〕

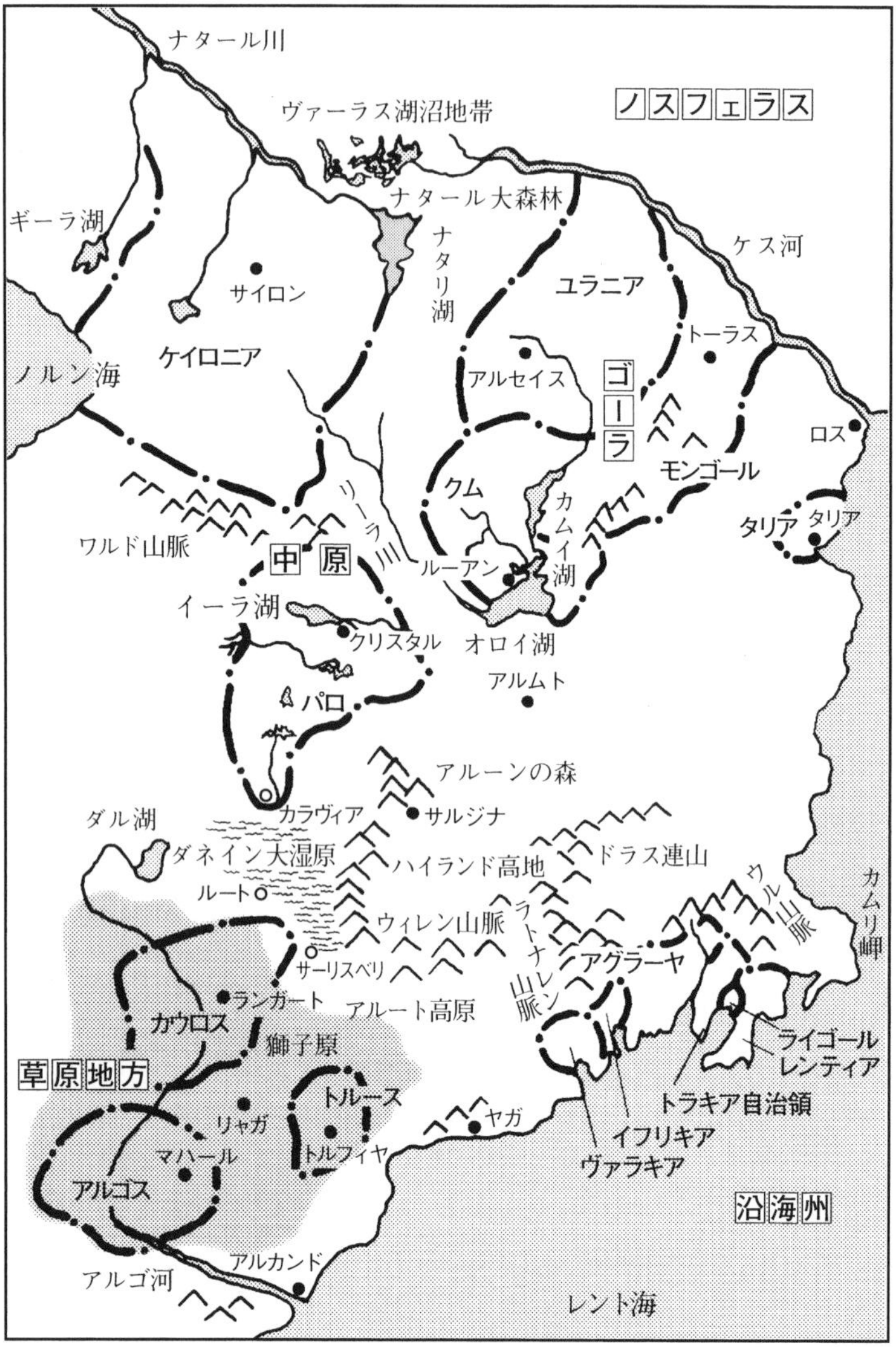
ナタール川
ヴァーラス湖沼地帯
ノスフェラス
ギーラ湖
ナタール大森林
ケス河
サイロン
ナタリ湖
ユラニア
ケイロニア
トーラス
ノルン海
アルセイス
ゴーラ
ロス
モンゴール
クム
リーラ川
カムイ湖
タリア
タリア
ワルド山脈
中原
ルーアン
イーラ湖
クリスタル
オロイ湖
アルムト
パロ
アルーンの森
ダル湖
カラヴィア
サルジナ
ダネイン大湿原
ドラス連山
ハイランド高地
ルート
ウル山脈
カムリ岬
ウィレン山脈
ラトナレン山脈
アグラーヤ
サーリスベリ
ランガート
アルート高原
カウロス
獅子原
ライゴール
レンティア
草原地方
トルース
トラキア自治領
リャガ
ヤガ
トルフィヤ
イフリキア
マハール
ヴァラキア
アルゴス
沿海州
アルカンド
アルゴ河
レント海

【問１】

竜の年青の月に勃発《ぼっぱつ》した黒竜戦役《こくりゅうせんえき》でモンゴール軍の奇襲を受け、三千年の歴史を誇る聖王国パロは一夜にして壊滅状態になりました。パロの文武を束《たば》ねるアルド・ナリス公は緒戦《しょせん》で重傷を負って戦線を離脱、モンゴール軍はそのままパロ王宮の中心部へと迫り、国王アルドロス三世と王妃ターニアはモンゴール軍によってあえなく惨殺《ざんさつ》されてしまいました。

そんな中、パロに古くから伝わる不思議な転送機械・古代機械の力を借りて、王太子レムスとその双子の姉の予言者リンダは、からくも王宮からの脱出に成功しました。それは遠い草原の友邦国《ゆうほうこく》アルゴスを目指したものでしたが、古代機械の座標が狂ってしまい、二人はアルゴスとは正反対の敵国モンゴールの辺境の森へと送られてしまいました。

そして、そこで起こったある出会いから、この壮大な物語、グイン・サーガが開幕します。

【初級】モンゴール軍の奇襲によって陥落《かんらく》した、聖王国パロの首都とは？
【中級】レムスとリンダを古代機械で転送する際、その操作を行なった人物の名は？
【上級】レムスとリンダを転送した古代機械が収められている塔とは？

【解答】
【初級】クリスタル
【中級】リヤ宰相《さいしょう》
【上級】ヤヌスの塔

【解説】

キレノア大陸の中央部、中原《ちゅうげん》と呼ばれる地方の南部に位置する聖王国パロとともに三千年の歴史を誇る首都クリスタルは、穏やかな気候で知られるパロ北部の中央にある、中原でも一、二を誇る大都市です。世界の文化・教養の中心にして、あらゆる流行の発信地でもあるクリスタルの人口は百万人を数え、洗練と典雅《てんが》の象徴《しょうちょう》として世界中の人々の憧れを集める都市でもあります。

そのクリスタルの中心となるのが、王宮クリスタル・パレスです。七つの塔の都というクリスタルの異名《いみょう》の示すとおり、聖王が住まう水晶宮の周囲に広がる広大な敷地内には、数々の美しい尖塔《せんとう》が建ち並んでいます。その中でもひときわ大きく、水晶宮のすぐ背後にそびえ立っているのが、パロで信仰を集めるヤヌス教の主神の名を戴《いただ》いたヤヌスの塔です。そして、この塔の地下にあるのが、パロ建国当時からここに存在していたという、誰が造ったともしれぬ謎めいた古代機械なのです。

本来、パロ王家の人々の中でも限られた人しか操作することが許されない古代機械ですが、この黒竜戦役の際には王族に替わり、当時の宰相リヤ侯爵《こうしゃく》が機械の操作を行ないました。そのことが座標が狂ってしまった原因ともされていましたが、実はこのとき、すでにある陰謀が行なわれつつありました。しかし、その真相が明らかになるのは、ずっと先のことになります。

【問2】

古代機械によってモンゴール辺境の森に転送されたレムスとリンダは、そこで自分の名以外のほとんどの記憶を失った豹頭の戦士グインと出会いました。グインの活躍によってモンゴールの騎士から救い出され、魑魅魍魎《ちみもうりょう》の跋扈《ばっこ》する森の一夜をなんとか無事に過ごした三人でしたが、その翌朝、一帯を治める黒伯爵《くろはくしゃく》ヴァーノンが派遣《はけん》した騎士団に再び発見され、衆寡敵《しゅうかてき》せず、あえなく捕虜《ほりょ》の身となってしまいました。

黒伯爵の砦《とりで》で三人は、沿海州の国ヴァラキア出身の陽気な傭兵《ようへい》イシュトヴァーン、大河をはさんだ対岸に広がる死の砂漠ノスフェラスの蛮族セム族の娘スニという、これから運命をともにしていく二人と出会いました。そしてその夜、砦を襲ったセム族の襲撃に乗じて脱出を果たしました。

【初級】グインとレムス、リンダが出会ったモンゴール辺境の森とは？
【中級】グイン、レムス、リンダの三人がとらわれたモンゴールの砦とは？
【上級】この時、ヴァーノン伯の命により、グインが素手で闘わされた猛獣とは？

【解答】
【初級】ルードの森
【中級】スタフォロス砦
【上級】ガブールの大灰色猿《グレイエイプ》

【解説】

モンゴールの北部辺境に広がるルードの森は、死の砂漠ノスフェラスの瘴気《しょうき》の影響か、非常に特異な生態系を有していることで知られる地域です。動物の生き血を狙う吸血ヅタなどの奇妙な植物が生え、グールなどの謎めいた種族が棲息《せいそく》しており、夜には死霊《しりょう》が現われて人々を襲う不気味な森です。

その森の北西端に設置され、辺境警備に当たっていたのがスタフォロス砦です。その城主ヴァーノン伯は、生きながらにして全身が腐《くさ》ってしまう業病《ごうびょう》に冒《おか》されており、黒伯爵と仇名《あだな》されていました。その性格は残忍で、自分の業病に効くという生き血を求めて砂漠の蛮族セム族狩りを行なっていたともいわれています。

グインがスタフォロス砦にとらえられた時、その見事な体格に目をつけたヴァーノン伯が、座興《ざきょう》にとグインと闘わせた大灰色猿は、パロのカラヴィア地方に広がるガブールの密林に棲息する猛獣です。人食いで知られ、体格は人間より一回りも二回りも大きく、その膂力《りょりょく》はきわめて強く、さすがのグインも闘いの中で徐々に体力を奪われていきました。そのグインに自分の剣を投げ、命を救ったのが、砦の兵士トーラスのオロでした。

オロはその後、砦をセム族が襲った際にもグインを助け、命を落としました。その死の際《きわ》でグインに託したささやかな頼みごとが、のちにグインをある出会いへと導いていくことになるのです。

【問3】

セム族の襲撃によって、スタフォロス砦《とりで》は陥落《かんらく》、グインたちは砦の脇を流れる大河に身を投じ、からくも生き延びました。

先に脱出していたイシュトヴァーンと合流した一行に、次なる追っ手が迫ってきます。それはモンゴール大公の娘にして公女将軍として名高いアムネリスが率いる一隊でした。一行はその手を逃れるため、食欲旺盛《おうせい》な怪物のひしめきあう死の河を渡り、対岸のノスフェラスに上陸しました。

いったんはモンゴール軍にとらえられたものの、イシュトヴァーンの機転と、スニが連れてきたセムの一部族・ラク族の活躍によって、再びグインたちは自由の身となりました。グインはイシュトヴァーンとともにセム族の勇士たちを率いて、モンゴール軍の偵察に行きました。その帰途《きと》、彼らの行く手を阻《はば》んだのは、谷間を埋めつくした恐るべきノスフェラスの怪物でした。

【初級】中原地方とノスフェラス砂漠との境にある、グインたちが渡った大河とは？
【中級】谷間を埋めつくしてグインたちの帰途を阻んだ、アメーバ状の怪物とは？
【上級】グインたちを救ったラク族の大族長（当時）の名は？

【解答】
【初級】ケス河
【中級】イド
【上級】ロトー

【解説】

中原の北東の境をなすケス河は、ルードの森と同様にノスフェラスの瘴気《しょうき》の影響を受けているといわれ、全身が口だけでできているような《大口《ビッグマウス》》などの凶暴な異形《いぎょう》の怪物が多く棲息《せいそく》する暗黒の河と呼ばれています。

そのケス河をはさんで中原の北東に広がるノスフェラスはいつも独特の熱気でおおわれている死の砂漠です。かつてはここも緑豊かな土地であり、世界を統一支配していた古代帝国カナンの中心地として栄えていましたが、遥か昔に起こった災厄が原因となってカナンは滅び、ノスフェラスは今の姿へと変《へん》貌《ぼう》しました。中原の生物たちとは全く違う、奇々怪々な姿に進化した生物たちが跋扈《ばっこ》しており、その中でも最も恐れられているのがアメーバ状の怪物イドです。このイドは獲物を見つけるとそのねっとりとした体に包み込み、強烈な力で窒息《ちっそく》させると、そのまま消化してしまうのです。

このノスフェラスに暮らす亜人類のセム族は、災厄を生き延びた人間が、砂漠の瘴気の影響によって変貌した姿であるとも伝えられる矮軀《わいく》の半猿人です。全部で五部族に分かれており、その中で最大の部族がラク族です。セムでは平和的な部族として知られるラク族の族長だったのがスニの祖父にあたる長老のロトーで、セム族の中では珍しく中原の人間の言葉を解する人物としても知られていました。

【問４】

からくもイドの谷間を脱出し、ラク族の村へと戻ったグインたちは、モンゴール軍によるノスフェラス侵攻に対抗すべく、セム族の五部族に大連合を呼びかけました。

ラク族とは血縁のラサ族、イド飼いで知られるツバイ族はまもなく参戦し、やや敵対関係にある好戦的な二部族のうちグロ族も参戦、この四部族をグインが率いるかたちでノスフェラスの戦いに臨《のぞ》むこととなりました。

その頃、モンゴール軍の幹部には、このノスフェラス侵攻の驚くべき真の狙いが明かされていました。それは、ノスフェラスの中心にあるとされる《瘴気《しょうき》の谷》を手中に収めることでした。

侵攻の当初はセム族のことを砂漠のサルと蔑《さげす》み、見くびっていたモンゴール軍でしたが、グインの巧みな戦術と超人的な活躍の前に、思わぬ苦戦を強《し》いられます。中でもツバイ族があやつるイドの大群を使った作戦では、指揮官を含む多くの兵士が戦死、思わぬ大敗を喫《きっ》してしまいました。


【初級】モンゴール軍の侵攻の目的となった《瘴気の谷》は何と呼ばれている？

【中級】モンゴールに《瘴気の谷》の情報をもたらした魔道師の名は？

【上級】ツバイ族がイドの大群をあやつる際に使用した果実とは？

【解答】
【初級】グル・ヌー
【中級】カル＝モル
【上級】アリカの実

【解説】
不毛の砂漠ノスフェラスにモンゴールが侵攻した理由は、ノスフェラスの東に位置する大国キタイの魔道師カル＝モルがもたらした情報にありました。伝説の大魔道師を求めてノスフェラスの中心を目指したと語る彼は、ある異様な光景を目にしたといいます。それは、動物も植物も生命の気配は一切なく、静まりかえった不気味な土地、グル・ヌーと呼ばれる死の谷でした。

上空を飛び抜けようとした鳥の命を一瞬にして奪うほどに強力なその瘴気によって、カル＝モルの全身の肉は焼けただれ、ひからびた皮膚一枚だけが張りついた髑髏《どくろ》のごとき姿になってしまったのです。

グル・ヌーの死の石が放つ瘴気の秘密を手にすれば、モンゴールは強力な兵器を手にすることができる。そう考えたモンゴール大公ヴラドは、一万五千もの大軍をノスフェラスに送り込んだのでした。

その大軍を迎え撃つセム族の劣勢は明らかでした。しかし、彼らにはただひとつ大きな武器がありました。それは彼らが住まう土地、ノスフェラスそのもの。この死の砂漠を熟知するセム族は、それを利用してさまざまな罠を仕掛けました。その最大のものが、最強の怪物イドが嫌うアンモニア臭の強いアリカの実を巧みに使い、イドの大群にモンゴール軍を襲わせた、《鬼の鉄床《かなとこ》》と呼ばれる岩場を舞台とした罠だったのです。

【問5】

何度かの戦《いくさ》でモンゴール軍に勝利を収め、意気あがるセム族でしたが、その一方でグインは憂慮《ゆうりょ》を深めていました。ノスフェラスの地勢を活かして優位に戦いを進められるのも今のうちのこと、いずれモンゴール軍の圧倒的な戦力の前にセム族は敗《やぶ》れてしまうだろう、と考えていたのです。

そこでグインはセム族の族長たちを集めると、耳を疑うような考えを口にしました。それは、ノスフェラスの奥地に住むという幻の巨人族を探し出し、モンゴール軍との戦いへの参戦を求めるというものでした。

反対する族長たちを説き伏せ、グインは三日後の帰還を約束し、その無謀な探索の旅に出かけます。奥地へと向かったグインは、砂嵐に巻き込まれたり、山中でサバクオオカミの群れに襲われたりと苦難の連続の末にたどり着いた塩の谷で、ついに幻の巨人族と出会いました。

しかし、巨人族はグインのことを、山の向こうの死者の国から来て神聖な塩の谷を荒らした罪人としてとらえ、幽閉してしまいました。

【初級】塩の谷でグインが出会った、ノスフェラスの幻の巨人族の名は？
【中級】グインがサバクオオカミの群れに襲われたノスフェラスの山の名は？
【上級】塩の谷で、グインは銀色に輝く奇妙な棒を拾いました。この棒のことを、巨人族は何と呼んでいたでしょう？

【解答】
【初級】ラゴン族
【中級】狗頭山《ドッグヘッド》
【上級】アクラのしるし

【解説】

セム族とともに、ノスフェラスの瘴気によって古代カナンの人が変貌した種族であるともいわれる巨人族ラゴンは、幻の民とも呼ばれています。それは、比較的中原に近い場所に定住しているセム族とは違い、ラゴン族は比較的奥地に住み、一カ所に定住することもないため、ほとんど中原の人に目撃されたことがないからです。

そのラゴン族は、アクラと呼ばれる信仰を持っています。アクラとは場所であり、誰も生きては足を踏み入れることはできず、その方向に顔を向けて立つことさえできないといいます。またアクラは、時折その使者をラゴンのもとに使わし、ラゴンを「約束の地」へと導くといわれています。そして、その使者はグインが拾ったような銀色の棒を持っているといいます。その棒のことをラゴンは「アクラのしるし」と呼んでいるのです。

ラゴンはまた、ノスフェラスで最も高い山である狗頭山よりケス河寄りの地域を死者の国と呼び、忌《い》み嫌っています。遠くから見ると犬の頭のような形をしていることからこの名がついた狗頭山には、銀白の毛を持つ巨大な狼王に率いられたサバクオオカミの群れが住み着いています。狗頭山でこの群れと戦ったグインは、この狼王によって救われます。そして、この狼王ロボとは、このあとも奇妙な縁で結ばれていくことになるのです。

【問６】

幻のラゴン族を求めてグインが旅立っていく直前のある夜、モンゴール軍のマルス伯が率いる隊の兵士が何者かに殺されました。しかしそれは誰にも、もちろんマルス伯にも気づかれることはありませんでした。

その後まもなく、マルス伯のもとに一人の若い兵士がやってきました。グインの正体を知っていると話すその兵士に非凡なものを感じた伯は、兵士を自分の親衛隊に加え、目をかけるようになっていきました。そして、セム族の村を発見したという彼の報《しら》せに、自分の隊を率いてその村へと急行しました。

しかし、それはグインの計略による罠でした。谷間に広がるその村にセム族の影はなく、隊を離れてひとり谷間を駆け上った兵士――イシュトヴァーン――が合図をしたとたん、谷の上からマルス隊に向かって巨大な岩が落とされ、さらに油が振りまかれて火が投じられました。

罠にかかったマルス隊はなすすべもなく全滅し、マルス伯は裏切り者の名を呼びながら、炎の中に倒れていったのです。

【初級】イシュトヴァーンがモンゴール軍に潜り込んだ際に使った偽名は？
【中級】マルス伯が率いる軍隊は、モンゴールの五色騎士団のうちの何騎士団？
【上級】マルス隊を全滅させた罠の舞台となった村は、セムの五部族のうち、どの部族の村？

【解答】

【初級】アルゴンのエル

【中級】青騎士団

【上級】カロイ族

【解説】

強力な軍隊として知られるモンゴール軍は、白黒青赤黄の五つの騎士団で構成され、五色騎士団と呼ばれていました。公女アムネリスの守《も》り役として、モンゴール大公家が厚い信頼を寄せるツーリード城主マルス・オーリウス伯は、青騎士隊二千を率いてノスフェラス遠征軍に参加していました。イシュトヴァーンが潜入したのは、マルス率いる青騎士隊のアルゴン中隊でした。イシュトヴァーンは隊の兵士を殺して鎧甲《よろいかぶと》を奪い、それを身につけてその兵士になりすましたのです。

その彼がマルス伯に近づいたとき、自ら「アルゴン中隊のエル」と名乗ったことから、「アルゴンのエル」と呼ばれるようになりました。通常、この「アルゴン」の部分には、その人物の出身地が入りますから、中隊名が入ったこの名前は、とても珍しいパターンだといえます。

このマルス隊をイシュトヴァーンとともに全滅させたのが、セム族の中で最も残忍で勇猛なことで知られるカロイ族でした。スタフォロス砦《とりで》を陥落させた部族でもあるカロイ族は当初、やや敵対関係にあったラク族らとの共闘を拒んでいましたが、モンゴール軍の脅威《きょうい》を目《ま》の当たりにしてついに参戦したのです。

この時、アルゴンのエルことイシュトヴァーンをにらみつけ、アルゴンのエルの名を繰り返しながら死んでいったマルス伯の姿が、のちのちまでイシュトヴァーンを苦しめることになります。

【問７】

青騎士隊が全滅し、マルス伯までもが命を落としたモンゴール軍は、セム族への復讐の思いに燃えていました。そして、セム族の村発見の報《しら》せを受けるやいなや、全軍をあげて村を急襲します。

指揮官のグインが不在のセム族は完全にふいをつかれました。族長級までもが次々と倒れ、スニは重傷を負い、レムスとリンダはモンゴール軍にとらえられてしまいました。

残されたセム族は狗頭山《ドッグヘッド》の方へと逃れますが、モンゴール軍の追撃は止《とど》まるところを知らず、ついにセム族は全滅やむなしかと思われました。

奇跡が起こったのはその時でした。「アクラのしるし」の力を借りてラゴン族を説き伏せたグインが、巨人族を引き連れて戦場に現われたのです。

生まれながらの戦士であるラゴン族の活躍で、たちまち形勢は逆転しました。モンゴール軍は壊滅状態となり、ノスフェラスからの撤退を余儀なくされました。かくしてノスフェラスはラゴン族とセム族の手に戻ったのです。


【初級】ラゴン族を束《たば》ねている二人といえば、賢者カーと誰？

【中級】この戦いにも加わっていた、《ゴーラの赤い獅子》と呼ばれたモンゴールの若き武将は？

【上級】モンゴール軍の生存者でただひとり、アルゴンのエルことイシュトヴァーンの顔を確認していた武将の名は？

【解答】
【初級】勇者ドードー
【中級】アストリアス
【上級】フェルドリック・ソロン

【解説】

ラゴン族は勇者ドードーと賢者カーの二人によって束ねられています。この二つの名は、ラゴン族で最も強いものと、最も知恵のあるものにそれぞれ与えられる称号で、代々受け継がれています。

その名の通り、勇者ドードーの強さはラゴン族にあっても圧倒的で、ラゴン族の参戦を求めるためにドードーに挑《いど》んだグインとの闘いでも、互角以上の力を見せつけました。もし、グインがラゴン族にとって神聖な「アクラのしるし」を持っていなければ、ドードーが勝っていたかもしれません。

一方、モンゴール軍で勇士として知られていたのが《ゴーラの赤い獅子》アストリアスです。貴族の家柄に生まれ、初陣《ういじん》以来数々の武勲《ぶくん》をたて、赤騎士団に配属されたことからこの呼び名を得た彼でしたが、この一連のノスフェラスの戦いでは、グインに手もなくひねられるなど屈辱《くつじょく》を味わうこととなりました。そしてこの戦いのあと、彼には数奇《すうき》な運命が待ち受けているのですが、そのことはまだ誰も知るよしもありませんでした。

アストリアスとともにノスフェラス遠征に参加していたフェルドリックは、白騎士隊の一員としてアムネリス旗本隊隊長を務めていました。最後の戦いでイシュトヴァーンと剣を交えた彼は、当時はまだ剣も未熟であったイシュトヴァーンの兜《かぶと》をはじき飛ばし、その顔をしっかりと記憶に刻み込みました。このことが、のちに一国を揺るがす大きな波紋をもたらすことになるのです。

【問８】

年が改まった白の月、黒竜戦役《こくりゅうせんえき》の緒戦《しょせん》で重傷を負い、マルガに落ちのびていたクリスタル公アルド・ナリスがひそかにモンゴール占領下のクリスタルに戻ってきました。守《も》り役の聖騎士侯《せいきしこう》ルナンとともにクリスタルに潜伏したナリスでしたが、思わぬ裏切りにあい、モンゴール軍にとらえられ、クリスタル・パレスの塔の地下牢に閉じ込められてしまいます。

その頃、モンゴールの首都トーラスでは、ノスフェラスの戦いに敗《やぶ》れて帰国したアムネリスが、父ヴラド大公からクリスタル行きを命じられていました。それは、パロの王位継承権を持つアルド・ナリスと政略結婚し、それによってパロ王室を手中にしようという計画でした。

クリスタルのモンゴール占領軍が主催した仮面舞踏会で、アムネリスとアルド・ナリスは顔を合わせました。それは二人の、そしてパロとモンゴール二つの国の運命を大きく変えていく出会いとなったのです。

【初級】アルド・ナリスがクリスタルに戻った時、ルナンのほかに二人が同行していました。一人はルナンの娘、もう一人は陪臣《ばいしん》の魔道師でしたが、その二人とは誰？
【中級】アルド・ナリスがモンゴール軍にとらえられた時、監禁された塔の名は？
【上級】その時、アルド・ナリスをとらえ、拷問《ごうもん》したモンゴールの武将は誰？

【解答】
【初級】リギアとヴァレリウス
【中級】ランズベール塔
【上級】カースロン

【解説】
ナリスの乳《ち》きょうだいにして女ながらに武将として聖騎士伯の称号を持つリギア、そして陪臣ながらも切れ者として知られるヴァレリウス、それにナリスとルナンの四人は、商人の一家に変装してクリスタルに入りました。この時、ルナンが一家の主、老女に変装したナリスがその妻、ヴァレリウスとリギアがその長男夫婦に扮《ふん》していました。これが縁を呼んだのでしょうか、こののちヴァレリウスとリギアの関係はさまざまに変化していくことになります。

クリスタルに入り、神殿長ギースの家に潜伏していたナリスたちを、ナリスへの恋に狂ったギースの娘サラの密告によりとらえたのが、モンゴール占領軍の一人、黒騎士隊隊長カースロンでした。そして手柄をあせったカースロンは、独断でナリスをクリスタル・パレスの北にそびえるランズベール塔の地下に閉じ込めました。このランズベール塔はもともと罪を犯した貴族用の牢として使用されていた牢で、これまでの長い歴史の中で、無数の残酷な悲劇の舞台となってきました。そして、これからあとも物語の中で、数々の悲劇の舞台となっていくことになります。

そして、この時にはまだナリスに対して優位に立っていたカースロンも、根が単純な軍人であるがゆえに徐々に巧緻《こうち》なナリスの罠にはまり、思わぬ運命に巻き込まれていくことになるのです。

【問９】

その頃、ノスフェラスを出発したグインたち一行は、レムスとリンダをアルゴスへと送り届けるため、ケス河を下って海を目指しました。

モンゴールの支配下にあるケス河河口の街ロスに一行が入った時、モンゴール軍によるロス港の封鎖が始まろうとしていました。急いだ一行は、イシュトヴァーンが見つけてきた怪しげな船《ガルムの首》号に同乗し、きわどいところで街を脱出します。

実はその船は海賊船でした。出港してまもなく、雷鳴とどろく激しい嵐の中、本性をむき出しにした海賊たちが一行に襲いかかりました。絶体絶命の危機を、嵐がもたらした幸運と、レムスの機転によってなんとか逃れた彼らでしたが、大波にグインが攫《さら》われて海に転落、行方不明になってしまいます。

海神への聖なる誓いを結び、ひとまず停戦状態となった彼らを乗せた船は、何日もの漂流ののち、海に浮かぶ不思議な島にたどりつきました。

【初級】グイン一行が《ガルムの首》号で乗り出していった海の名は？
【中級】《ガルムの首》号の「ガルム」とは何のこと？
【上級】海賊と戦っていた時、絶体絶命の危機に陥ったイシュトヴァーンに向かって、リンダが叫んだ言葉とは？

【解答】
【初級】レント海
【中級】神話に登場する犬
【上級】「イシュトヴァーン、おお、イシュトヴァーン、死んではいや!」

【解説】

レント海は、中原地方や草原地方のあるキレノア大陸の南から東にかけて広がっている海で、隣のコーセア海や北のノルン海などとともに世界の十二の海のひとつに数えられています。キレノア大陸からレント海を南に下《くだ》ると、そこにはダリア諸島やゴア列島、シムハラ島などの島々があり、さらにその南には主に黒人が暮らしている南キレノア大陸が広がっています。レント海はこれらの島々や南方の国々と中原とを結ぶ通商の要でもありますが、一方で《ガルムの首》号のような海賊の勢力も強い危険な海域でもあります。

その《ガルムの首》号の名のもととなったガルムとは、中原で広く信仰されているヤヌス教の神話に登場する犬のことです。犬とはいっても頭は三つ、足は六本、尾は三つ叉《また》に分かれており、鋭い牙がびっしりと生えた、獰猛《どうもう》で血に飢えた怪物で、悪魔神ドールの飼い犬として、決して眠ることなく地獄の入口を守っているといわれています。

ガルムの名にふさわしい凶暴な海賊たちとの戦いのさなかに、リンダがイシュトヴァーンに向かって叫ぶ場面は、強く印象に残る場面です。それまでひそかにイシュトヴァーンに恋心を抱いていたリンダが、はからずもそれを告白してしまったことで、二人の仲は一気に縮まっていきます。王女と傭兵《ようへい》、この身分ちがいの恋が、さまざまなかたちでさまざまな波紋を広げていくことになります。

【問10】

グイン一行が目指す草原の国アルゴスでも、パロをめぐる動きが起こっていました。

建国以来、パロ聖王家との婚姻《こんいん》を繰り返しているパロ随一の友邦《ゆうほう》アルゴスには、この頃、パロの武の要《かなめ》ベック公ファーンが滞在《たいざい》していました。ファーンは、アルゴス王家の協力を得、アルゴス正規軍とともに、パロ奪還《だっかん》へ向けてアルゴスを出発します。

しかし草原の大国カウロスがモンゴール側についたことから、ファーンは苦戦を強《し》いられました。それを救ったのは、アルゴス国王の弟スカールでした。

草原の騎馬民族の血を引く草原随一の英雄として、騎馬民族の忠誠を集めるスカールは、騎馬民族軍とともに戦線に加わるやいなや、瞬《また》く間にカウロス軍を撃破しました。そして、ファーンに驚くべき作戦を持ちかけます。それは中原と草原の境にそびえ立つ人跡未踏《じんせきみとう》の高山を越え、パロに駐留するモンゴール軍を奇襲するという、無謀といわざるをえないような作戦でした。


【初級】スカールの通称は？

【中級】スカールの愛人リー・ファは、騎馬民族の何族の族長の娘でしょう？

【上級】スカールが越えようとした、草原と中原の間にそびえる山脈の名は？

【解答】

【初級】アルゴスの黒太子《こくたいし》

【中級】グル族

【上級】ウィレン山脈

【解説】

アルゴスの前王スタインの次男スカールは、グル族出身の側室を母に持ち、兄の現王スタックとは腹違いの関係にあります。スタック王と王妃エマとのあいだに、なかなか子が生まれなかったことから、スカールがアルゴスの王太子となりました。スカールはパロ文化の影響が色濃いアルゴス宮廷よりも、騎馬民族とともにいることを好み、装束《しょうぞく》も騎馬民族のものを身につけ、全身を黒一色で包んでいました。そのことからスカールは、アルゴスの黒太子と呼ばれて敬意を集め、また恐れられてもいたのです。

スカールの愛人にして、事実上の妻であるリー・ファは、グル族の族長グル・シンの娘です。十四歳の時にスカールに見初められて以来、常にスカールのそばにあり、スカールが戦いに出る時も騎馬民族の娘らしく、自ら愛馬を駆っていつも従軍していました。この、ファーンとスカールの連合軍によるパロ奪還戦にも当然のごとくに参戦し、ファーンを驚かせました。

この連合軍がパロへ向けて越えようとしたのが、《世界の屋根》と通称されるウィレン山脈です。空飛ぶ大鷲《おおわし》さえも超えられないとされる天山ウィレンには、太陽神ルアーの休息所といわれる最高峰ティルレンをはじめとする急峻《きゅうしゅん》な山々が連なっています。しかし、この時スカールにはこの天山を越えることができるという確かな公算があったのでした。

【問11】

一方、レント海に浮かぶ島に上陸したリンダたちは、謎の船に救助され、先に上陸していたグインと再会を果たしました。島にそびえる山腹の洞窟で奇妙な機械と不思議な生物を目撃した彼らは、さらに光る船のようなものが島全体を揺るがしながら飛び立っていくさまを目にしました。

再び海に乗り出した彼らは、沿海州の大国アグラーヤの軍船《サリア》号に救助されました。その船でアグラーヤの首都に到着した彼らは、国王ボルゴ・ヴァレンと会談します。その席でレムスは秘めた才覚の鋭さを示して国王を感服させ、王女との婚約を取り結ぶとともに、アルゴスまでの護衛の兵を借り受けることに成功しました。

アグラーヤ軍の守護のもと、彼らは無事に草原の国アルゴスへと入りました。その時、リンダとレムスがルードの森に転送されてから、すでに一年が過ぎ去ろうとしていました。レムスはアルゴス王立ち会いのもと、聖王への即位を宣言し、パロ奪還へ向けての第一歩を踏み出したのです。

【初級】レムスと婚約した、アグラーヤの王女の名は？
【中級】レント海の島の洞窟でグインたちが目撃した奇妙な生物は、どんな姿をしていた？
【上級】沿海州の大国アグラーヤの首都で、このしばらくあとで沿海州会議が開催された都市の名は？

【解答】
【初級】アルミナ
【中級】手足のない、一つ目の巨大な赤ん坊
【上級】ヴァーレン

【解説】

グインたちがたどり着いたレント海の島は、常に不気味な地鳴りが響く奇妙な島でした。灰色の巨大な怪物が徘徊《はいかい》し、山の洞窟の中にはパロの古代機械を思わせるような複雑な機械があり、そのそばには、手足のない、一つ目の、芋虫のような巨大な赤ん坊が眠っていました。この一つ目の赤ん坊とグインとは深い関わりがあるらしく、物語の中で何度となくグインの前にその奇怪な姿を現わすことになります。

その島から脱出したグインたちを救ったのは、ヤヌス十二神の女神の名を戴いた《サリア》号でした。アグラーヤが誇る《軍船十二神》の旗艦でもある《サリア》号には、この時、アグラーヤの王女が乗船していました。この王女こそ、のちにレムスと結婚してパロ聖王妃となるアルミナ姫でした。レムスと婚約したこの頃はバラ色の頬をした愛らしい少女だったアルミナも、のちに激動の運命に巻き込まれていくことになります。

グインたちを乗せた《サリア》号が入港したのが、アグラーヤの首都ヴァーレンでした。波穏やかなニンフ湾に面し、沿海州随一の軍港ドライドン港を抱えるヴァーレンは、沿海州の中心として栄える大都市です。長女アルミナとレムスを婚約させたボルゴ・ヴァレンが、のちにパロへの援軍出兵を求めて沿海州各国代表を招聘《しょうへい》し、会議で激論を交わしたのも、このヴァーレンでのことでした。

【問12】

一方、パロでアムネリスとナリスの政略結婚へ向けた準備が進む中、モンゴールの首都トーラスに吟遊詩人マリウスがやってきました。その正体はナリスの腹ちがいの弟で、七年前にパロを出奔《しゅつぽん》した王子でした。

トーラスの居酒屋で吟遊詩人としての腕前を披露《ひろう》したマリウスは、それを偶然目にしたユナス伯爵によりトーラスの宮殿への伺候《しこう》を命じられ、アムネリスの弟ミアイル公子と出会いました。

病弱で優しい孤独な公子とマリウスはたちまち互いに強く惹《ひ》かれあいました。だがその時、魔道士を通じてナリスからマリウスに、ミアイル暗殺を命じる非情な指令が届いたのです。マリウスは反発し、それを拒否しましたが、結局ミアイルは魔道士によって殺害され、その罪はマリウスにかぶせられました。

傷心のマリウスは再びパロを捨てる決意をし、ひとりトーラスを旅立っていきました。

【初級】吟遊詩人マリウスの本名は？
【中級】マリウスが楽器キタラと歌を披露したトーラスの居酒屋の名前は？
【上級】ミアイルを暗殺した魔道士の名は？

【解答】
【初級】アル・ディーン
【中級】《煙とパイプ》亭
【上級】ロルカ

【解説】
パロ聖王家のアルシス王子を父に、ヨウィス《ジプシー》の血を引くエリサを母に持つマリウスは、アル・ディーンという名を受けて誕生しました。母の血筋の卑《いや》しさもあって宮廷内で軽んじられ、孤独をつのらせていた彼は、音楽に慰《なぐさ》めを見いだしていました。そして音楽への強い思いが兄を裏切るかたちでの出奔を決意させ、吟遊詩人マリウスとして新たな生を始めるに至ったのです。

以来、パロとはほぼ無縁に暮らしてきたマリウスでしたが、黒竜戦役をきっかけとして、パロのために間諜《かんちょう》のような役割を果たすようになりました。その一環としてトーラスにひそかに赴《おもむ》いた彼が最初に入った店、それが《煙とパイプ》亭でした。

トーラスの下町にあるアレナ通りでゴダロとオリーの夫婦が経営するこの店は、肉まんじゅうが美味《おい》しいことで人気を集めています。そしてグイン・サーガにおける庶民代表のような彼ら一家は、これから折にふれて物語に登場してくることになります。

トーラスに入ったマリウスに、ナリスからの非情な命令を伝えたのは、ナリス子飼《こが》いの魔道士ロルカでした。ナリスは、マリウスが命令を拒否したと知るや、すぐさまロルカにミアイルの暗殺を命じました。マリウスを再びパロから遠ざけることとなったその命令の影には、かつて自分を裏切って出奔したマリウスに対してナリスが寄せる複雑な思いがかくされていました。

【問13】

ミアイルが暗殺されたその日、クリスタルではアムネリスとナリスの婚礼が行なわれました。アムネリスは、政略結婚の相手であったはずのナリスに、いつしか本気の恋をしていました。ナリスもまたアムネリスを心から愛しているように見えました。しかしそれは、真実の愛ではなかったのです。

婚礼の場が悲劇に変わったのは、愛の女神の祭壇で二人が愛の誓いを交わそうとした時でした。突然、ひとりのモンゴールの騎士が乱入し、手にした剣でナリスに斬りつけました。最初は軽傷と見えたナリスでしたが、その剣には猛毒が塗られており、ナリスは帰らぬ人となってしまいました。

ナリスを殺した騎士は、《ゴーラの赤い獅子》アストリアスでした。この事件はアムネリスへの恋に狂ったアストリアスが起こした凶行と結論されました。しかし、事件の真相は、そのような見かけとはほど遠いところにあったのです。

【初級】アムネリスと愛をささやき合っていた頃、ナリスはアムネリスのことを《何の公女》と呼んだでしょう？
【中級】実はアストリアスは、ある人物に催眠術によってあやつられていました。その人物とは？
【上級】アストリアスの剣に塗られていた猛毒は何？

【解答】
【初級】光の公女
【中級】ヴァレリウス
【上級】ダルブラの毒

【解説】
アムネリスとの政略結婚を逆に利用しようと考えたナリスは、味方にさえその真意を明かさぬまま、アムネリスとの恋を演じていました。アムネリスの仇名《あだな》が《氷の公女》であると知ったナリスは、それは彼女に似つかわしくないとして、彼女に《光の公女》と呼びかけました。この《光の公女》とは、ある登場人物にとって重要なキーワードだったのですが、そのことを当時は両人とも知るよしもありませんでした。

その頃、恋するアムネリスを追って君命に背《そむ》き、クリスタルへと向かったアストリアスは、パロ入りするやいなやヴァレリウスにとらえられていました。この政略結婚を阻止しようと考えたリーナス伯の意を受けたヴァレリウスは、催眠術を使ってアストリアスをナリスの暗殺者に仕立てあげました。

といってもリーナスにはナリスを殺害する意図はなく、その剣に塗る毒薬は、一時的な仮死状態をもたらすだけのティオベの毒であるはずでした。ところが、その毒は何者かの手によって、ダネインの水蛇から取られる猛毒ダルブラの毒にかえられていたのです。

誰もが死んだと思ったナリスでしたが、実は殺されたのは別人でした。ナリスは自分を殺害しようとする動きがあるのを察知し、替え玉を仕立てていたのです。この時、ナリスを殺そうとしたのは誰か。そして、それはなぜか。その真相が明らかになるのはだいぶ先のことになります。

【問14】

レムスとリンダを無事にアルゴスに送り届けたグインとイシュトヴァーンは、そのまま一兵卒《いっぺいそつ》としてパロ奪還軍に参加することをよしとせず、ここで袂《たもと》を分かつことにします。

リンダと恋仲になっていたイシュトヴァーンは、リンダとの身分があまりに違うことを痛感していました。彼は、自分がいずれ王になるという生まれた時の予言を信じ、三年のうちにどこかの国の王となってリンダを迎えに来る、と草原の蜃気楼《しんきろう》に向かって誓いました。

グインは、改めて自分の素性を探る旅に出ようと決意していました。そのためにはまずどこへ向かえばいいのか、漠然とした考えしかもっていなかったグインに、スニがグインの素性につながるかもしれない、ある情報を伝えました。それを聞いたグインは、彼の秘密を知ると思われる高名な魔道師を求め、北へ向かって旅立っていったのです。

【初級】イシュトヴァーンがやがて王になるという予言のもととなった、彼が生まれた時にその手に握っていたものとは何でしょう？

【中級】グインの新たな旅の目的となった、世界三大魔道師の一人に数えられる人物とは誰？

【上級】別れに際して、リンダがイシュトヴァーンに送ったものは何？

【解答】
【初級】白い玉石
【中級】ロカンドラス
【上級】髪をとめる銀の編《あ》み紐《ひも》

【解説】

一介《いっかい》の傭兵に過ぎないイシュトヴァーンが、三年のうちに王になるなどと無謀なことを口にした根拠は、彼が生まれた時の予言にありました。嵐の夜に生まれた彼を取り上げた産婆《さんば》が、彼がその手に白い玉石を握っているのを見て、これは彼がいずれ王となる運命にある証《あかし》である、と予言したのです。彼がイシュトヴァーンという沿海州の昔の王の名をつけられたのも、その予言に由来しています。

スニがグインに与えた情報とは、スニがスタフォロス砦に監禁されていた時に聞いた言葉でした。その時の牢番の独り言のような話の中に「高僧ダルマキスの死によって、アウラの秘密を知るものは、ロカンドラスだけになった」という一言があったのです。アウラとは、ルードの森に現われた時にグインが覚えていた、たった二つの言葉のうちのひとつでした。その情報に力を得て、グインは、ロカンドラスが住むといわれる北へと向かうことになったのです。

その二人との別れの時、何ももたないイシュトヴァーンは、リンダに自分の髪の毛の一房《ひとふさ》を記念に渡しました。それに応えてリンダは、ずっと彼女の髪をとめていた銀の編み紐に幸運のまじないをかけて渡しました。遠ざかっていくイシュトヴァーンの背中に、リンダはいつまでも惜別《せきべつ》の愛の言葉を叫び続けました。しかしその愛は、やがて草原の蜃気楼のように消えていく、そんな愛だったのです。

【問15】

その頃、パロとモンゴールの運命を大きく左右する動きが、沿海州で起こっていました。沿海州六カ国の首脳がヴァーレンに集《つど》い、モンゴール占領下にあるパロを解放するための出兵の是非を問う会議が開かれたのです。会議では出兵を強く主張するアグラーヤと、それに反対する自由貿易都市ライゴールが激しく対立し、また影ではアグラーヤの盟邦《めいほう》ヴァラキアをも巻き込んだ陰謀もめぐらされていました。しかし最終的にはライゴールが表向き妥協《だきょう》し、アグラーヤを中心とする沿海州連合軍の出兵が決定しました。

この時、イシュトヴァーンがたまたまヴァーレンを訪れていました。そこで彼は偶然、ライゴール市長からモンゴールにあてた密書を手に入れます。そこにはパロを、そして沿海州を大きく揺るがしかねない陰謀が記《しる》されていました。イシュトヴァーンはその密書を手に、一路パロへと向かって旅立っていきました。

【初級】この会議の表裏で活躍を見せた、ヴァラキアの海軍提督の名は？
【中級】ヴァラキアを治めるロータス・トレヴァーン公の弟で、でぶの男色家《だんしょくか》として有名な人物の名は？
【上級】会議の一方の立役者となった、ライゴール市長の名は？

【解答】
【初級】カメロン
【中級】オリー・トレヴァーン
【上級】アンダヌス

【解説】

イシュトヴァーンが生まれた国でもあるヴァラキアは、英明で知られるロータス・トレヴァーン公によって治められています。アグラーヤとはきわめて関係の強い盟邦で、この会議でもアグラーヤを助けて沿海州連合軍としての出兵決定に大きな役割を果たしました。

このヴァラキアをロータス公の右腕となって支えていたのが、海軍提督のカメロンでした。すぐれた外交官としても知られるカメロンは、剛毅《ごうき》で無鉄砲なところもある典型的な海の男として船乗りたちの尊敬を集めていました。また、少年時代のイシュトヴァーンに息子のように目をかけており、そのことがのちのちに彼の運命を大きく変えていくことになります。

一方、カメロンとは正反対の暗愚《あんぐ》で知られていたのが、ロータス公の弟にして醜悪《しゅうあく》な大食漢の快楽主義者、オリー・トレヴァーンです。当時のカメロンにとっては悩みの種であった彼は、イシュトヴァーンがヴァラキアを出奔《しゅっぽん》するきっかけともなった人物でもありました。

ライゴール市長アンダヌスは、醜悪さではオリーに負けないものの、きわめて怜悧《れいり》な陰謀家としても知られる傑物《けつぶつ》です。小さな自由貿易都市にすぎないライゴールを沿海州の大国に匹敵する存在にしているのも、彼の力にあずかるところが大きくなっています。この会議でも表裏で大きな存在感を発揮し、短い登場ながら強い印象を残しました。

【問16】

一方、パロでも情勢が大きく動き始めました。

ナリスの「死」という悲劇に終わった婚礼のあと、喪《も》を理由に地方に隠遁《いんとん》し、機をうかがっていたルナンやリーナスらが率いるパロ聖騎士団が一斉に兵を挙げたのです。クリスタル駐在のモンゴール軍は聖騎士団を迎え撃つべく、次々とクリスタルを進発していきました。

その手薄になったクリスタルで、今度はクリスタルの下町で学ぶ学生たちを中心とした反乱が起こります。一時はその数と知略でモンゴール軍を上回る勢いを見せましたが、武器らしい武器を持たない彼らはしだいに追いつめられ、次々と倒れていきました。

もはや反乱鎮圧も目の前と思われた時、突如として戦場に駆け込んできた一軍がいました。それは死をよそおって潜伏していたナリス率いる聖騎士団でした。そのあまりにも劇的な登場に情勢は一変、黒騎士隊長カースロンの裏切りもあってモンゴール軍は敗《やぶ》れ、クリスタルはついに占領から解放されました。


【初級】学生たちの反乱の舞台となった、クリスタルの下町とは何という地区？

【中級】反乱を起こした学生たちのリーダーとなった、カラヴィア出身の学生の名は？

【上級】クリスタルの私塾のうち、最も優秀な私塾として王立学問所と並ぶ名声を博していたのは、何という塾？

【解答】
【初級】アムブラ
【中級】カラヴィアのラン
【上級】オー・タン・フェイ塾

【解説】

パロの首都クリスタルは、市の中心を流れるランズベール川、イラス川の二本の川によって東西南北に分けられています。宮殿クリスタル・パレスがそびえる通称「中州《なかす》」とはヤヌス大橋をへだてて反対側の東クリスタル地区に広がっているのが、クリスタルの下町ことアムブラです。

石畳の入り組んだせまい路地には、露天商《ろてんしょう》や屋台のような小商《こあきな》いを行なう人びとがたくさん集まっており、全体に洗練された趣《おもむき》をもつクリスタルではもっとも猥雑《わいざつ》な活気に満ちあふれている場所で、夜遅くまで庶民たちが行き交う賑《にぎ》わいを見せていました。また多くの私塾が建ち並ぶ学生の街としても知られ、中でもナリスをはじめとする何人もの大貴族も教えを請い、クリスタルで最大の知性と謳《うた》われるオー・タン・フェイが教える塾は、世界最高峰の学問の場としてその名を轟《とどろ》かせていました。

このオー・タン・フェイ塾の学生たちは、アムブラ全体の学生のリーダー的存在でもありました。この反乱を主導したカラヴィアのランもオー・タン・フェイ塾の学生で、塾頭として時に教鞭《きょうべん》をとるほどの優秀な知性の持ち主でした。この反乱がきっかけとなってクリスタルが解放されたあと、ランをはじめとする学生リーダーたちはナリスに拝謁《はいえつ》する機会を得ました。そしてそこでもナリスに知性を認められたランは、ナリスとともに古代機械の研究に没頭していくことになります。

【問17】

ナリスは生きていた。その報《しら》せはまたたく間に各地へと伝わり、さまざまな反応を引き起こしました。

その報せにもっとも衝撃を受けたのはもちろん、モンゴールの首都トーラスでした。ナリスの「死」以来、思い出のドレスに身を包み、部屋に引きこもったまま悲嘆《ひたん》に暮れていたアムネリスは、父ヴラドとの謁見《えっけん》中にその報せを聞き、ショックのあまりその場に卒倒《そっとう》してしまいます。

真実の愛であると信じていた恋人に完全に欺《あざむ》かれていたと知ったアムネリスの心に、復讐の炎が燃え上がりました。ドレスを脱ぎ捨て、再び軍服に身を包んだアムネリスは、父に願い出て、自ら五万のパロ征伐軍《せいばつぐん》を率いて、クリスタルへの遠征に出発しました。

しかし、アムネリスが再びクリスタルの地を踏むことはありませんでした。彼女の軍を奇襲した草原の騎馬民族。それは見事ウィレン山脈越えを成功させた、スカールとファーン率いる連合軍でした。

【初級】ナリスの「死」に悲嘆に暮れていたころ、アムネリスが唯一そばに寄ることを許していた侍女の名は？

【中級】ナリスの生存が伝えられる直前、ヴラド大公はアムネリスに何を命じようとしていた？

【上級】ナリスの裏切りを知った時、アムネリスが自室で燃やしたものとは、身につけていたドレスと何？

【解答】
【初級】フロリー
【中級】結婚
【上級】切り落とした自分の髪の毛

【解説】

ナリスの「死」後、アムネリスはすっかり生気を失い、まさに抜けがらのような生活を送っていました。自分の部屋に閉じこもる時間が長くなり、侍女も遠ざけるようになった彼女でしたが、そんな頃に彼女の唯一のお気に入りの侍女となったのが、クリスタルにも同行していた、優しさにあふれるフロリーでした。これ以降忠実なフロリーは、直後のパロ遠征にも同行するなど常にアムネリスのそばを離れることなく、思いもよらぬ運命が二人を引き裂くまで、さまざまな苦難の時をアムネリスとともに過ごしていくことになります。

父ヴラドは、そんなアムネリスを見かぎり始めていました。もはやアムネリスの価値は政略結婚の道具程度でしかないと考えた彼は、ヴァラキア公弟オリー・トレヴァンを第一の候補として、アムネリスに婿《むこ》を取るよう命じました。その言葉に、ナリスの未亡人気取りであったアムネリスは怒り狂いましたが、その時まさにアムネリスへの裏切りを意味するナリスの生存が伝えられたのです。

アムネリスの心は恥辱《ちじょく》と怒りにふるえました。そして彼女は、自分の中の女性を封印し、捨て去ることを決意しました。その決意の証《あかし》として彼女は、フロリーが必死で止めるのも聞かず、ナリスと出会って以来ずっとのばしていた豊かな金髪をぷっつりと切り落とし、暖炉の炎の中へと投げ込み、ナリスの思い出と決別したのでした。

【問18】

ナリスの見事な策略《さくりゃく》によってクリスタルを奪還したものの、情勢はなおもパロには不利でした。モンゴールの駐留軍はクリスタルの北に陣を敷き、トーラスからの援軍を待ってクリスタルを攻撃する構えを見せていました。兵力の差はいまなお圧倒的で、ナリスは次の一手を見いだすことができずにいました。

その状況を変える一報をナリスにもたらしたのは、イシュトヴァーンでした。それはライゴールのアンダヌス議長からモンゴールにあてた密書と、そしてウィレン山脈踏破を果たしたスカール率いる騎馬民族の目撃談でした。

スカールの参戦によってトーラスからの援軍は遅れる。そう看破《かんぱ》したナリスは得意の陽動作戦をモンゴール軍に仕掛けました。そして機を見計らい、魔道士を使ってモンゴール軍司令官タイランを暗殺します。これによりモンゴール軍は壊滅。クリスタルは完全に奪還されました。

【初級】モンゴール軍が陣を敷いた、クリスタルの北に位置する神殿都市の名は？
【中級】ナリスと謁見《えっけん》した際、報奨としてイシュトヴァーンが求めたものとは何？
【上級】クリスタルに入る直前、イシュトヴァーンをとらえた赤い街道の盗賊の首領の名は？

【解答】
【初級】ジェニュア
【中級】ナリスの騎士として自分を召し抱えること。
【上級】サルジナのウルス

【解説】
クリスタルの北に位置するジェニュアは、中原で最も多くの信者を集めるヤヌス教の総本山として知られています。パロ聖王家がヤヌス教の祭司としての役割を担《にな》っていることもあって、ジェニュアは聖王家に対して一定の発言力を持っており、その承認なくしては聖王位に就《つ》くことはできないとされています。クリスタルからジェニュアを抜ける街道は、そのままモンゴールへと通じる街道でもあることから、トーラスからの援軍を待つタイランはジェニュアに陣を敷いたのでした。

その戦況を大きく変える役割を果したイシュトヴァーンは、パロへ向かう途中、人目を避けて裏街道を選んだことが裏目に出て、赤い街道の盗賊の大物ウルスにつかまってしまいました。持ち前の幸運と機転でイシュトヴァーンはかろうじて脱出を果たしますが、このウルスと、そしてこの時に彼を助けたデンという男とは、のちに再び関わり合いを持つことになります。

そして出会ったナリスとイシュトヴァーンは、互いに惹《ひ》かれ合うものを感じていました。自分を召し抱えてほしいというイシュトヴァーンの申し出を快諾《かいだく》したナリスは、彼を気に入りの側近《そっきん》としてそばに置くようになります。しかしまもなく、恋人のリンダをナリスが愛していることを知ったイシュトヴァーンは激しく苦悩し、耐えきれずにナリスのもとを出奔してしまいました。それはナリスとイシュトヴァーン、二人に深い傷を残す別れとなりました。

【問19】

スカール－ファーン連合軍の奇襲を受けたアムネリス軍は、いったん退《しりぞ》いてザイムの西に陣を敷き、立て直しを図ります。一方、クリスタルを進発したナリス軍はユノで連合軍と合流、ナリスは従兄《いとこ》アーンと久々の再会を果たしました。

しかしザイムでの両軍の決戦の直前、トーラスで大事件が起こったとの報《しら》せが届き、アムネリスは急遽《きゅうきょ》トーラスへと引き返しました。その彼女の前に立ちはだかったのが、突如参戦したクム軍でした。クム軍とパロ・アルゴス連合軍の挟撃《きょうげき》の前にアムネリスはなすすべもなく敗《やぶ》れ、クムの捕虜となりました。

もはや大勢《たいせい》は決しました。ケス河からは沿海州連合軍、陸からはパロ・アルゴス・クム連合軍が迫り、さらにはユラニア軍も参戦し、トーラスは陥落《かんらく》しました。ただちに開かれた軍事裁判によってモンゴールのおもだった武将はすべて処刑され、モンゴールはあっけなく滅び去ったのでした。

【初級】アムネリスがトーラスへ引き返す原因となった大事件とは何？
【中級】トーラスでの軍事裁判のあと、突然姿を消したスカールが向かった場所とは？
【上級】突如参戦したクム軍を率いていたのは誰？

【解答】
【初級】ヴラド大公の急死
【中級】ノスフェラス
【上級】タルー

【解説】
ゴーラ皇帝サウルの騎士長から身を起こしたヴラドが一代で築き上げたモンゴールは、良くも悪くもヴラド大公なくしてはありえない国でした。確かに情勢は徐々にモンゴールに悪い方向へと向かっていましたが、もしヴラドが健在であれば、まだ戦況は大きく変化していたかもしれません。現にヴラドが脳卒中と思われる病で倒れた時、彼は自ら大軍を率いて出馬する決意を固めており、それが実現していれば、曲がりなりにも同じゴーラの同胞たるクムやユラニアの参戦はなかったかもしれません。モンゴールの運命を決めたのは、まさしくヴラドの急逝《きゅうせい》そのものだったのです。

モンゴールから見れば裏切りにも等しいクムの参戦でしたが、それを率いていたのがクムの第一公子、勇猛で知られるタルーでした。クムにはタルーの他にタル・サン、タリクの二人の公子がおり、それぞれが互いにライバル心を抱いていました。このことがのちにクムの運命を大きく揺るがす原因となっていきます。

多くの人々の運命を変えたこの第二次黒竜戦役《こくりゅうせんえき》でしたが、スカールの運命もまた、この戦いをきっかけに大きく動くこととなりました。トーラスの金蠍宮《きんけつきゅう》で見つけた極秘文書が、彼をノスフェラスのグル・ヌーの謎へと誘いました。そして彼は、唯一信頼に足る男と見たカメロンのみに行き先を告げると、忠実なグル族とともに、未知なるノスフェラスへと足を踏み入れていったのです。

【問20】

トーラスから凱旋《がいせん》したナリスたちを、クリスタル市民は熱狂して迎えました。救国の英雄としてナリスの人気は沸騰《ふっとう》し、ファーンは長らく離ればなれになっていた美しい婚約者と再会を果たしました。草原と中原を分ける大湿原の南で長らく足止めされていたレムスとリンダも、アルゴス軍とともに、ついにパロに帰還しました。その時、レムスとリンダが古代機械でルードの森に転送されてから、実に一年を超える月日が流れていました。

帰還後、レムスのパロ聖王即位式が盛大に執《と》り行なわれました。聖王になるための三つの試練に無事に合格したレムスは晴れて第三十八代パロ聖王の座につきました。しかしこの時、レムスの心には従兄《いとこ》ナリスに対する劣等感と嫉妬心《しっとしん》が芽生え始めていました。さらに即位式の席上でリンダが叫んだ不吉な予言が、レムスの未来に暗い影を投げかけることとなったのです。

【初級】レムスの聖王即位時に、パロの宰相《さいしょう》に任ぜられたのは誰？

【中級】聖王即位の三つの試練にも登場する、パロ聖王国初代の王といえば誰？

【上級】ベック公ファーンと再会を果たした婚約者の名は？

【解答】
【初級】クリスタル公アルド・ナリス
【中級】アルカンドロス
【上級】フィリス

【解説】
クリスタルへの凱旋は、さまざまな人々に再会をもたらした時でもありました。レムスとリンダにとっては一年ぶりの故郷との再会の時であり、またリンダにとっては従兄ナリスとの喜びの再会の時でもありました。そしてベック公ファーンにとっては、およそ一年半ぶりの婚約者フィリスとの再会の時となりました。大貴族マール公の妹として戦時には勇敢に看護部隊を率いたフィリスが、清楚《せいそ》で控えめな少女に戻ってファーンとの再会を果たした場面は、多くの人々の涙を誘うものとなりました。

再会の時はしかし、特にレムスにとっては試練の時でもありました。聖王即位の三つの試練のうち、クリスタル・パレスの地下の迷宮に降りて高祖アルカンドロス大王の霊と対面するという最後の試練は、聖王として認められずにそのまま行方不明になるものもいるといわれるほどの恐ろしい試練でした。大王は、今なお霊位としてパロを見守る存在としてあがめられており、クリスタル・パレスの東に広がる広場には、その巨大な像が建てられています。

アルカンドロス大王がレムスに過去から与えられた試練であるとするならば、未来に横たわる試練となったのがナリスの存在でした。人気、実力、才能、容姿。すべてにわたって自らを凌駕《りょうが》するナリスを宰相にこそ任じたものの、彼に対するレムスのコンプレックスは日に日に大きくなっていきました。そしてそれがやがてパロに大きな悲劇をもたらすことになっていくのです。

小説以外のグイン・サーガ①

ここでは小説以外のメディアになっている『グイン・サーガ』からいくつかをご紹介しましょう。

■イメージアルバム

日本コロムビアより一九八三年十月に最初の『辺境篇』が発売され、十一枚のアルバムが発表されました。

ボーカル曲はほとんどなく、映画のサウンドトラックのようなアルバムで、小説のファンであった作曲家の淡海悟郎氏が一人で作曲編曲を行ないました。クラシックの要素をふんだんに取り入れたプログレッシヴ・ロック風の楽曲を中心とするアルバムで、原作のイメージがとてもよく表現されていました。

イメージアルバム『辺境篇』

■シミュレーションゲーム『グイン・サーガ』

一九八五年に、ツクダホビーより発売されました。

ボードに描かれた地図の上で二手に分かれ、ルールに従って駒を動かしながら相手を攻略していく戦略シミュレーションゲームで、「ノスフェラス」と「パロ」の二つのシナリオが収められていました。

■テーブルトークRPG『グイン・ワールド』

一九八五年に、ツクダホビーより発売されました。

人間同士の会話とルールブックに記載されたルールに従って遊ぶ対話型のゲームです。門倉直人氏によるオリジナル・テーブルトークRPG『ローズ・トゥ・ロード』のルールを基本として、一部変更を加え、グイン・サーガの世界を楽しむことができるようにしたもので、追加シナリオとして「キタラの秘密」が収められていました。

■ゲームブック『グイン・サーガ1　ラルハスの戦い』

一九八六年十二月に早川書房から発売されました。著者は多摩豊氏です。

ゲームブックとは読み手の選択によって展開が変化する読み物で、当時大変流行していました。

読み手はオリジナルのキャラクター「パロの青年子爵ラルハス」となって祖国パロの危機を救うためさまざまな選択をしていきます。

ゲームブック『ラルハスの戦い』

■コンピュータゲーム『グイン・サーガ　豹頭の仮面』

一九八七年に、ビクター音楽産業㈱から発売されました。企画開発は㈱ジャストです。PC－8801、PC－9801、FM－7用のアドベンチャーゲームで内容は『豹頭の仮面』のストーリィに沿っており、選択式ではなくコマンドを直接入力する方式のため、原作を読んでいないと全く先に進めないような作りになっていました。

89ページへつづく

第二部

出題範囲
第17巻～第55巻

〔中原拡大図〕

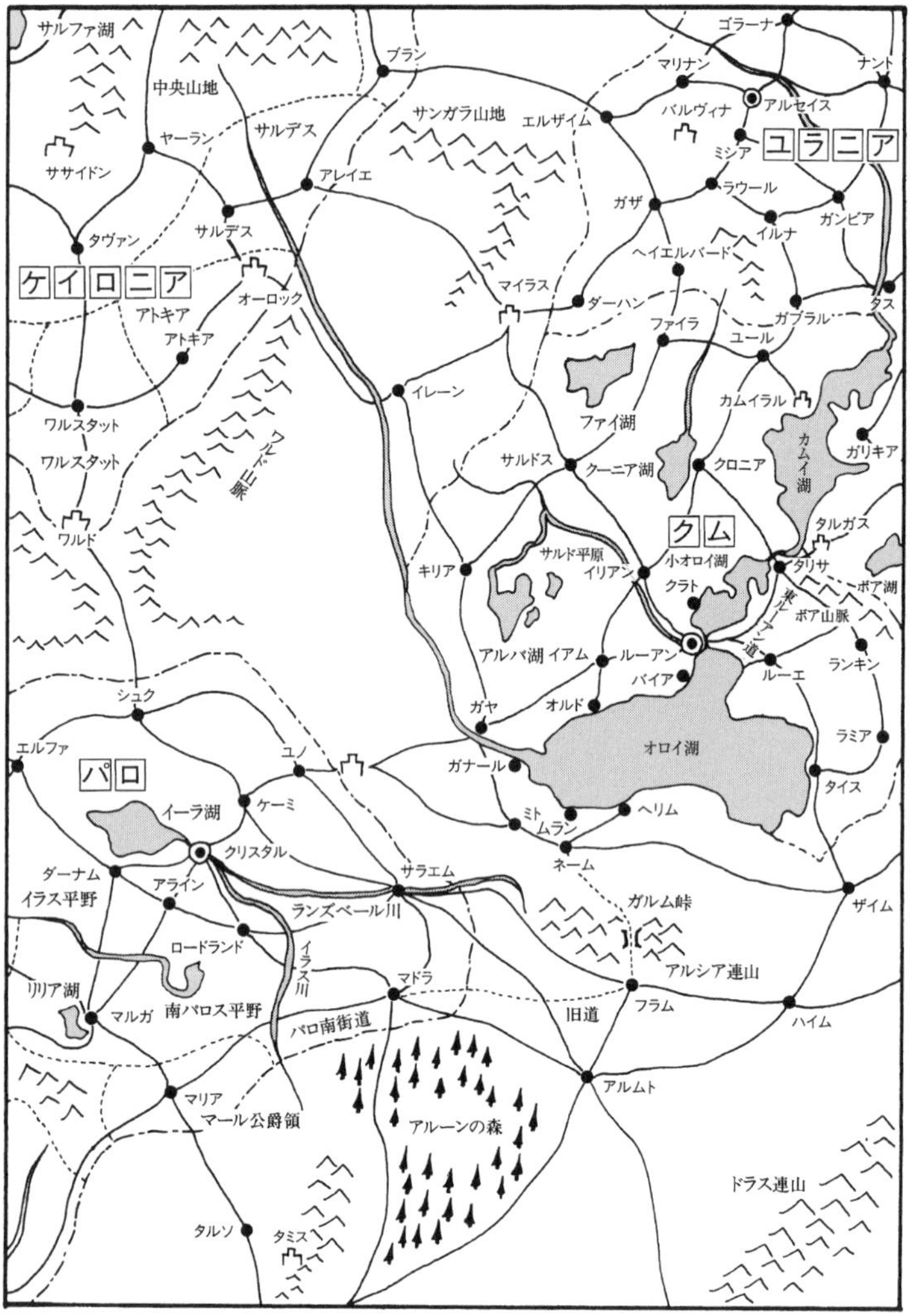
サルファ湖
中央山地
ヤーラン
ササイドン
サルデス
ブラン
サンガラ山地
エルザイム
アレイエ
サルデス
タヴァン
ケイロニア
オーロック
アトキア
アトキア
マイラス
イレーン
ワルスタット
ワルスタット
ワルド山脈
ワルド
ゴーラーナ
マリナン
ナント
アルセイス
バルヴィナ
ユラニア
ミシア
ラウール
ガザ
ガンビア
イルナ
ヘイエルバード
ダーハン
ガブラル
タス
ファイラ
ユール
ファイ湖
カムイラル
カムイ湖
ガリキア
サルドス
クーニア湖
クロニア
クム
タルガス
サルド平原
イリアン
小オロイ湖
タリサ
キリア
クラト
ボア湖
東ルーアン道
ボア山脈
アルバ湖
イアム
ルーアン
ランキン
バイア
ルーエ
シュク
ガヤ
オルド
オロイ湖
ラミア
エルファ
パロ
ユノ
ガナール
タイス
イーラ湖
ケーミ
ミト
ムラン
ヘリム
クリスタル
ダーナム
サラエム
ネーム
イラス平野
アライン
ランズベール川
ガルム峠
ザイム
ロードランド
イラス川
アルシア連山
マドラ
リリア湖
フラム
旧道
マルガ
南パロス平野
パロ南街道
ハイム
アルムト
マリア
マール公爵領
アルーンの森
ドラス連山
タルソ
タミス

【問21】

マリウス、イシュトヴァーンとともに北方での冒険を終えたグインは、夢に現われた老人のお告げに従い、北の大国ケイロニアを訪れました。

神話からそのまま抜け出てきたようなグインの異形《いぎょう》はまたたく間にケイロニアの人々の注目を集めます。ケイロニア最強の軍隊である黒竜騎士団の傭兵《ようへい》となったグインの噂はケイロニア宮廷にまで届き、英明で知られる皇帝アキレウスや、国の重鎮《じゅうちん》たる十二選帝侯《せんていこう》の面々にも拝謁《はいえつ》し、グインは新たな英雄としての評判を高めていきました。

それと同時にグインの周囲の人々の運命も大きく動いていきました。イシュトヴァーンとの決別、グインに敵意を燃やす赤毛の男、謎めいた冷たい美貌《びぼう》を持つ青年、暗躍する大魔道師、そして驕慢《きょうまん》な皇女シルヴィアとの出会い。その大いなる運命は、祝典に沸《わ》き立つケイロニア皇帝家をも暗雲の中に巻き込んでいったのです。

【初級】グインが訪れた、北の大国ケイロニアの首都とは？
【中級】このケイロニアの首都で、グインがイシュトヴァーンと決別した理由は？
【上級】グインが傭兵の採用試験を受けた時、剣の試合の相手をつとめた三人は誰？

【解答】

【初級】サイロン

【中級】一国の王になるというイシュトヴァーンの野望への助力をグインが断ったから。

【上級】デビス、アトキアのトール、ヴィール・アン・バルドゥール子爵

【解説】

世界最大の都市であるケイロニアの首都サイロンは、七つの丘に守られた堅牢《けんろう》な都市として知られています。尚武《しょうぶ》の気性《きしょう》に満ちた人々は質実剛健《しつじつごうけん》を好み、きわめて鷹揚《おうよう》なところがあります。サイロンの人々がグインの異形をすんなりと受け入れたのも、その気質が大いに関係しているでしょう。

当時の黒竜将軍ダルシウス・アレースもまた、生粋《きっすい》のケイロニア人らしく、尚武の気性に満ちた人でした。グインの異形よりもその体格に惚《ほ》れ込んだダルシウスの命によってグインの相手をつとめたデビス、トールの二人、そして自ら相手として名乗りを上げたバルドゥール。この三人をまたたく間にねじ伏せたグインを傭兵として雇うのに、ダルシウスが迷うことはありませんでした。この時グインと戦ったトールは、のちにグインの右腕ともいうべき存在になっていきます。そして燃えるような赤毛で知られるバルドゥールは、グインがサイロンで作った最初の敵となったのです。

イシュトヴァーンがグインに助力を願ったのは、グインが傭兵となった直後のことでした。多くの冒険をともにしてきた友のたっての頼みに、しかしグインは首を縦には振りませんでした。グインには、彼の異形を少しも厭《いと》うことなく受け入れてくれたばかりのダルシウスを裏切ることは、たとえ友の頼みといえどもできなかったのです。しかし、この決別はイシュトヴァーンの心を深く傷つけ、彼と中原のその後の運命に大きな影を落とすことになるのです。

【問22】

グインがケイロニア宮廷にお披露目《ひろめ》されたその晩、宮廷を揺るがす大事件が起こりました。若き宰《さい》相《しょう》ランゴバルド侯ハゾスが何者かに刺され、重傷を負ったのです。瀕死《ひんし》のハゾスのもとにいちはやく駆けつけたグインに、ハゾスはある秘密を託します。それはグインを否応なく、ケイロニアの帝位をめぐる陰謀の中心へと巻き込んでいくものでした。

やがて祝典を前にして流れたアキレウス帝不例《ふれい》の噂。復讐と帝位簒奪《さんだつ》に執念を燃やす対照的な二人の若者。誰と誰が手を結び、誰と誰が争い、そして誰が背後で糸をあやつるのか。敵は内か、それとも外か。暗躍する暗殺者の影に、ついに訪れた皇帝の死という最大の悲劇。その対応に苦慮するケイロニアの重鎮《じゅうちん》たちの前で、ついに明らかになる欲望と憎悪。しかしそれは、驚天動地の結末へと向かう先触れに過ぎなかったのです。

【初級】アキレウス帝の息子を名乗り、帝位簒奪を狙った青年イリス。その本名は？
【中級】アキレウス帝の住む黒曜宮《こくようきゅう》があるのは、サイロンの七つの丘のどこ？
【上級】この時行なわれたアキレウス帝在位三十周年記念祝典で、パロの使節リーナスの浮気相手となったのはどこの国の誰？

【解答】
【初級】オクタヴィア・ケイロニアス
【中級】風ヶ丘
【上級】キタイの女使節チャン・ファン・ラン

【解説】

この陰謀劇の舞台となった黒曜宮は、サイロンの南東に位置する風ヶ丘にそびえています。黒大理石と黒曜石、黒びろうどで飾られたケイロン様式の宮殿は、ケイロニア人の気質そのままの、力感にあふれた重厚な美しさを誇っています。しかし、この美しい宮廷で起こった悲劇は今回が初めてではありませんでした。この悲劇には二十年前のもうひとつの悲劇が影を落としていたのです。

その悲劇の被害者として人知れず成長したのがイリスことオクタヴィアでした。アキレウス帝の愛妾《あいしょう》ユリア・ユーフェミアが何者かに誘拐され、行方不明になった時、その胎内に宿っていたのが彼女でした。幼い頃、その母を目の前で惨殺《ざんさつ》された彼女は、しだいにケイロニア宮廷を憎悪するようになり、皇弟ダリウス大公と手を結び、男装して皇太子を名乗ることで、帝位を簒奪《さんだつ》しようともくろんでいました。しかし、その野望と決意は、愛と真実の前に大きく揺らいでいくことになります。

大いなる悲劇と、大いなる陰謀を秘めたまま、しかし祝典に集まった国外からの使節にはそれを決して悟られぬよう、祝典は盛大に行なわれ、使節はその祝賀ムードを存分に楽しんでいました。リーナスがチャン・ファン・ランと浮気をしたのはそのムードに浮かれてのことでしたが、何年かのちにパロとキタイとの間に起こることを、そしてその時のリーナスの運命を考えると、この浮気にはもしかしたら、もっと大きな意味があったのかもしれません。

【問23】

グインの活躍によりアキレウス帝の身は守られ、皇后マライアがケイロニアに招いた危機が明らかになる一方で、祝典はいよいよクライマックスを迎えようとしていました。この時、人々の注目は、夜の舞踏会に集まっていました。ここで皇女シルヴィアの最初のダンスの相手をつとめるものが、シルヴィアの婚約者となり、ひいては大ケイロニアの後継者となると噂されていたからです。

そして、その裏側では、ケイロニアの後継者にまつわるもうひとつの大きな出来事が起こっていました。イリスを名乗り帝位簒奪《さんだつ》を狙ったオクタヴィアは、いつしか愛するようになったマリウスの告白に心打たれ、また母の死の真相を知り、その誤った復讐の思いに満ちた野望を捨て、マリウスとともにケイロニアをあとにする決意をします。その旅立ちを見送ったのは、グインと、そして失われたわが娘とついに相まみえることができた皇帝アキレウスだけでした。

【初級】この舞踏会でシルヴィアの最初のダンスの相手をつとめたのは誰？

【中級】サイロンを旅立ったマリウスとオクタヴィアは、このあとどこへ向かったでしょう？

【上級】小麦粉をねってのばし、うすく切ってゆでて、くるみをすりおろして食べるランギという食べ物。これはどこの名物料理でしょう？

【解答】
【初級】グイン
【中級】トーラスの《煙とパイプ》亭
【上級】ケイロニアのランゴバルド

【解説】
大舞踏会を迎えた時、皇女としての境遇に不満を覚えていたシルヴィアは、身分の卑《いや》しい吟遊詩人（実はマリウス）をダンスの相手に選ぶことで、お偉方《えらがた》の鼻をあかしてやろうと考えていました。しかしその目論見《もくろみ》ははずれ、なかばやけになった彼女は、ダンスの相手としてグインを選びました。それはそこに居並ぶ人々を大いに驚かせ、思わぬ形でシルヴィアを満足させるものとなりましたが、同時にケイロニアの人々に対し、未来に対するある予感を覚えさせるものともなったのです。

その祝典の賑《にぎ》わいは、もちろん宮廷だけにとどまらず、サイロン全市を覆《おお》っていました。市内には屋台が所狭しと並び、このランゴバルド料理のランギや、ガティに肉や野菜や甘いクリームを包んで食べるアンテーヌの名物料理に、焼肉《カバブー》、酢漬けの魚やはちみつ酒などを人々は大いに楽しんでいました。

市内から届くその喧噪《けんそう》を聞きながら、二人で時を過ごすうちに、互いの愛に気づいたマリウスとオクタヴィア。「我が名はアル・ディーン」で始まる、物語屈指の名台詞《めいせりふ》として知られるマリウスの告白などを経て、その愛が凍りついたオクタヴィアの心をついに溶《と》かし、二人は結ばれました。二人はかつてマリウスの世話を焼いてくれた《煙とパイプ》亭へ向かうことをグインに告げ、サイロンを去っていきます。その店の名はグインにとっても、ある大事な約束につながる大きな意味を持つものでしたが、そのことにグインが気づいた時、すでに二人の姿は視界から消えていたのでした。

【問24】

ケイロニアの祝典が終わりを告げるとともに始まった第一次ケイロニア-ユラニア戦役。千竜長《せんりゅうちょう》となったグインが黒竜騎士団を率いて国境のサルデスへ向かった頃、自由国境地帯では二人の男が運命の出会いを果たしていました。一人はグル族とともに、過酷なノスフェラスの冒険から戻ったアルゴスの黒太子スカール。もう一人はグインと決別したあと、赤い街道の盗賊の首領となったイシュトヴァーン。ノスフェラスの秘密と引き替えに病に倒れ、わずかな従者に守られながら故郷アルゴスを目指すスカールを、ついに軍師を得て国盗りの野望へと乗り出したイシュトヴァーンが襲ったのです。

短くも激しい戦いによりイシュトヴァーンは瀕死《ひんし》の重傷を負い、スカールは最愛の妻を失い、二人の間には深い怨讐《おんしゅう》の念が残りました。以後、二人は不倶戴天《ふぐたいてん》の敵《かたき》同士として、何度も相まみえることになるのです。

【初級】この頃からイシュトヴァーンの軍師を務めていたのは誰？
【中級】ノスフェラスの冒険の際、その中心地グル・ヌーの地底でスカールが目撃したものとは何？
【上級】スカールが一時滞在していたザイムの《聖騎士亭》。ここの主人カラム親方が持っている、ある意外な「記録」とは？

【解答】
【初級】モルダニアのアリストートス
【中級】星船
【上級】グイン・サーガの中で最も長い台詞を語った。

【解説】
パロの寒村で生まれたアリストートスは、片目がつぶれた醜《みにく》い矮軀《わいく》の男でした。サイロンの郊外でイシュトヴァーンと出会ったアリストートスは、彼をゴーラの王にすると約束し、行動をともにするようになりました。イシュトヴァーンが赤い街道の盗賊の首領となったのもアリストートスの策略によるものでしたが、そのやり方は卑劣なものでした。目的のためには手段を選ばない彼の残忍さと妄執《もうしゅう》とが、やがてイシュトヴァーンに、そして中原全体に暗い影を落としていくことになるのです。

第二次黒竜戦役後、突然姿を消したスカールは、グル族とともにノスフェラスの奥地へと向かっていました。しかしノスフェラスの瘴気《しょうき》と怪物、流砂、そして渇きが彼らを襲い、スカールの運命もこれまでか、と思われたその時、彼を救ったのが大魔道師ロカンドラスでした。ロカンドラスは彼をグル・ヌーへ連れて行き、その地底に横たわる、かつての大帝国カナンを滅ぼした星船の内部へと誘いました。そこに眠るさまざまな驚異を、生身の人間として初めてスカールは目にします。しかしそのグル・ヌーの強烈な瘴気が、まもなくして彼の健康を急速に奪っていくこととなったのです。

そのスカールがザイムに滞在中、カラム親方がイシュトヴァーンのことを語った台詞が、物語中最長のものとなっています。その長さ、実に三十ページ弱。これだけの長さの台詞を一気に語ったのは、後にも先にもカラム親方しかいません。おそらくはもう、破られることのない記録でしょう。

【問25】

イシュトヴァーンとの闘いのあと、パロの国境警備隊に保護されたスカールは、しばらくの間クリスタルに滞在し、世界最高とされるパロの医学による治療を受けることになりました。しかしそれは、必ずしもスカールの意に沿うものではなかったのです。

ひそかに抱いていたスカールの懸念は当たりました。スカールがノスフェラスへ行っていたことを鋭く見抜いたアルド・ナリスが、彼の手にした秘密を明かすようせまったのです。そして、スカールの目前で起こった驚くべき怪異。それはパロの未来に対する大きな疑念をスカールに抱かせるものでした。

一方で、スカールの傷心を癒《いや》す出会いもありました。かつてともに戦った友の誠心。肌のぬくもりを彼に思い出させた情熱の女。それらすべてを振り払うかのように、スカールはクリスタルを抜け出し、故郷アルゴスへと戻りました。しかし、その彼の故郷は、しだいにその姿を変えつつあったのです。

【初級】スカールがクリスタルに滞在中、夜中に彼のもとを訪れ、結ばれた女性の名は？
【中級】滞在中、スカールはとっさにパロ聖王レムスを殺そうとしました。その理由は？
【上級】スカールがクリスタルを脱出した時、それを阻止しようとした魔道士の名は？

【解答】
【初級】リギア
【中級】レムスに取り憑《つ》いたカル＝モルの悪霊が現われたから。
【上級】ロルカ

【解説】
最愛の妻リー・ファを失ったスカールの心は乾ききっていました。そんな彼の心と体を温めたのが、彼のもとへと忍んできたリギアの情熱と体温でした。ともに奔放《ほんぽう》ながらも、人を思う心にはきわめて一途《いちず》なところのある二人はたちまち惹《ひ》かれあい、ほんの短い間ながらも情熱的な日々を過ごしました。そしてその思いは、二人が離ればなれになったあとも消えることはなかったのです。

一方でスカールは、ノスフェラスの秘密をナリスに知られ、悪用されることを恐れていました。しかし、その秘密を求めるものはナリスのほかにもいることを彼は知りませんでした。レムスが涙ながらにスカールに若き王としての悩みを打ち明けていた時、突如としてカル＝モルの亡霊が現われます。スカールに秘密を明かすよう不気味にせまる亡霊を、スカールはレムスごと斬ろうとしました。この時、ヴァレリウスが止めに入らなければ、スカールは本当にレムスの命を奪っていたかもしれません。

クリスタルに潜む恐るべき秘密を知ったスカールは、これ以上の滞在は危険と判断し、わずかな供とともにひそかにクリスタルを脱出しようとしました。そのスカールの行動を読んでいたナリスは、子飼いの魔道士ロルカを送り、その脱出を阻止しようとします。しかし、ここで介入してきたのは、またしてもヴァレリウスでした。当時はナリスと微妙な対立関係にあったヴァレリウスはロルカのふいをつき、魔道でロルカの意識を奪うと、スカールを故郷に向けて脱出させたのです。

【問26】

一方、ダルシウス将軍のもとで二万の軍を率いるグインは、サルデスの国境でユラニア軍と対峙《たいじ》したまま、無為《むい》とも思える時を過ごしていました。ユラニア軍はいっこうに攻めてくる気配を見せず、またグインも国境の外へと討って出ることを固く禁じられ、戦いは膠着《こうちゃく》状態のまま、冬を迎えることとなりました。

グインの一計により戦局が動いたと思ったのもつかの間、国境の冬のきびしさと、そしてユラニアを影であやつる大魔道師の黒魔道がケイロニア軍を追いつめていきました。打開策を見いだせずにいたグインは、ついに皇帝の命に背《そむ》いてケイロニア軍を離脱し、彼にしたがって軍を離脱した兵一万のみを率いて、一気にユラニアの首都アルセイスを目指して進軍を開始しました。

その怒濤《どとう》の進撃をユラニア軍は止めることができず、グイン軍は目指すアルセイスに至りました。そこで彼を待っていたのは、ユラニアにその人ありと知られる英雄オー・ラン将軍でした。

【初級】この時、ユラニアを影であやつっていた大魔道師とは誰？
【中級】その大魔道師が使った、グイン軍を苦しめた黒魔道の術とはどんな術？
【上級】グインが、アルセイスへ向かう途中、木から転落するところを助けた少年の名は？

【解答】
【初級】〈闇の司祭〉グラチウス
【中級】戦死した兵士たちを念動力を使ってあやつる「死びと使いの術」
【上級】ファン・ダル

【解説】
世界三大魔道師の一人に数えられる〈闇の司祭〉グラチウスがグインの前に初めてその姿を現わしたのは、これよりも少し前、サイロンでのことでした。グインが身内に秘める、尽きることのないエネルギーを我がものとし、世界を意のままにせんとする野望の糧《かて》としようともくろむグラチウスは、時には言葉巧みに、時には強引に、また時には卑劣な手を用いて、グインを自分の手中に収めるべく、これから先も何度となくグインの前に現われることになります。

そのグラチウスが、戦場となったアンナの森で用いた大がかりな魔道が「死びと使いの術」でした。敵の死体ばかりではなく、友の死体までもが、傷ついた不気味な姿で武器を振りかざして向かってくる姿は、ケイロニアの兵士たちの士気を大いに奪うものでした。白魔道では厳しい戒律《かいりつ》によって固く禁じられている、生命をもてあそぶようなこの術は、まさしく黒魔道の首領たるグラチウスならではの、不気味な術であるといえるでしょう。

冒瀆《ぼうとく》と血腥《ちなまぐさ》さに満ちた戦いの日々の中で、ほんの少しだけグインの心を和《なご》ませるものとなったのが、ユラニアの小村ミーアンの少年ファン・ダルとの出会いだったのではないでしょうか。豹頭のグインを一目見たさにこっそりと木に登ってグインを待っていた好奇心旺盛《おうせい》な元気な少年と、グインとの一瞬の出会い。それはグインの優しさと包容力を改めて知らしめるような一幕となりました。

【問27】

グイン軍はユラニアの傀儡《かいらい》と化していたゴーラ皇帝サウルが住む、アルセイス近郊のバルヴィナに立てこもりました。サウルと謁見《えつけん》したグインは、形ばかりとなっていた皇帝の権威を巧みに利用し、クムの介入を引き出してユラニア軍との和睦《わぼく》交渉に入りました。

その夜、グインの前に現われた〈闇の司祭〉グラチウスは、次々とグインに怪異を見せ、最後には《生涯の檻《おり》》と呼ばれる脱出不能といわれる精神的な罠へと誘い込みます。しかし、グインは底知れぬ精神力でその罠を破り、グラチウスの目論見《もくろみ》を打ち砕きました。

ユラニアとの和睦を成し遂げてケイロニアに戻ったグインを皇帝アキレウスは許すそぶりを見せず、軍法を破った罪人としてとらえ、激しく叱責《しっせき》しました。そしてグインから千竜長《せんりゅうちょう》の地位を剝奪《はくだつ》すると、改めてグインの処遇《しょぐう》を言い渡しました。しかしそれは罰ではなく、グインを黒竜将軍に昇進させるという決定だったのです。

【初級】当時、「ユラニアの三醜女《しゅうじょ》」と呼ばれたユラニアの三人の公女の名は？
【中級】その三人の公女の中で、オー・ラン将軍とともに競技場でグインと試合をしたのは誰？
【上級】黒竜将軍への昇進を告げた際、アキレウスがグインに罰として言い渡した唯一の「実刑」とは？

【解答】
【初級】エイミア、ネリイ、ルビニア
【中級】ネリイ
【上級】黒竜将軍就任祝賀の宴で、皇女シルヴィアと踊ること。

【解説】

「ユラニアの三醜女」とはずいぶんとひどい通り名ですが、このユラニアの公女たちに限っては、それも致し方なかったかもしれません。彼女たちの場合、あまり麗《うるわ》しい容姿ではなかったというばかりではなく、性格的にもあまり麗しくない女性たちであったからです。

瘦身《そうしん》に狷介《けんかい》な顔つきの長女エイミアは、並はずれたケチとして知られ、古くなった着物をいつまでも身にまとっていたため、その体は常に異臭を放っていたと言います。

対照的に次女のネリイは、がっちりとした男と見まがうばかりの体格の持ち主です。愛人の〈青髭《あおひげ》〉オー・ラン将軍とは師弟関係にもあり、その薫陶《くんとう》を受けた自分の武芸には自信満々で、グインに一対一の闘いを挑むという無謀ができたのも、その自信のなせる業《わざ》であったでしょう。

三女のルビニアは、まさに怪物でした。甘い菓子ばかりを食べてぶくぶくに太った彼女は、もはや自力で歩くことすらできず、発せられる言葉も意味をなさないうなり声のようなものばかり。彼女に比べれば、エイミアやネリイはまだ人間らしさ、女性らしさを残していたともいえるでしょう。

そんな「三醜女」のもとから帰ってきたグインの目には、さぞかしシルヴィアの姿は可憐《かれん》に映ったのではないでしょうか。拗《す》ねてしまったシルヴィアをダンスに誘うことこそできませんでしたが、グインがシルヴィアを思う心は、この時にはしっかりとシルヴィアの心にも届いていたのでした。

【問28】

スカールとの闘いで受けた傷も癒《い》えたイシュトヴァーンは、再び盗賊たちを率い、国盗りの野望へ向けて本格的に動き始めました。部下とともにクムの首都ルーアンに潜《もぐ》り込んだイシュトヴァーンは、その近郊でクム大公の妾《めかけ》として囚《とら》われの身となっていたアムネリスのもとに首尾よく潜入し、モンゴールをクムから奪還《だっかん》するための助力を申し出ました。

熟慮の上、その申し出を受けたアムネリスは、アリストートスの策略によりクムから脱出し、廃城《はいじょう》ルシニア砦《とりで》に本拠を構えました。そしてある夜、かつてある人に「光の公女」と呼ばれたことをイシュトヴァーンに告げました。それはイシュトヴァーンにとっては、自分を王座へと導く女性として予言された名前そのものでした。

やがて旧モンゴールの残党がルシニア砦に集まりはじめました。そしてアムネリスはモンゴール新大公即位を宣言し、祖国を奪還するべくトーラスへ向かって進軍を開始したのです。

【初級】クムでアムネリスが囚われていたアムネリア宮は、何という都市にあった？
【中級】最初にルシニア砦に合流した旧モンゴールの武将は誰？
【上級】イシュトヴァーンがルーアンに潜り込んだ時、使った偽名は？

【解答】
【初級】バイア
【中級】マリウス・オーリウス伯爵（マルス伯爵）
【上級】タイスのイー・チェン

【解説】
バイアはクムの首都ルーアンから二十モータッドの距離にある小都市です。ルーアンから水路が通じる交通の便の良さと、オロイ湖に張り出した風光明媚《ふうこうめいび》な土地柄《とちがら》から、クムの貴族たちの多くの別邸が建ち並び、「離宮都市」とも呼ばれていました。アムネリア宮は、アムネリスを妾にしたクム大公タリオが彼女のために建てた、白大理石と黒檀《こくたん》でできた美しい離宮でしたが、湖水に張り出した主殿は跳ね橋一つで地上から孤立するという、牢獄としての役割も担《にな》っていたのです。

このアムネリア宮にイシュトヴァーンが潜り込んだ時に使った偽名がタイスのイー・チェンでした。この名を考えたアリストートスは、名前のほかにも、傭兵《ようへい》としてルーアンへ求職に訪れた旨《むね》を記した偽造手形に加え、出身地、父の名、母の名、父の職業までも周到に準備していました。ちなみにイシュトヴァーンは、この「タイスのイー・チェン」という偽名を、のちにもう一度使うことになります。

旧モンゴールの生き残りであるマリウス・オーリウス伯の父は、かつてノスフェラスでイシュトヴァーンの裏切りにより命を落としたマルス伯でした。マリウス伯はそんなこととは露《つゆ》知らず、ルシニア砦でアムネリスと合流した時に、父の名を継いでマルス伯と名乗ったため、その名乗りを聞いたイシュトヴァーンをひどく驚かせることとなりました。この時にはイシュトヴァーンだけが胸に秘めていた、この二人の因縁が、やがてモンゴールの運命を再び大きく揺るがすこととなるのです。

【問29】

クムの圧政に苦しんでいた民衆の熱狂的な支持を受け、アムネリス軍はトーラスにせまりました。それを迎え撃つのは屈強で知られるトーラスのクム駐留軍、そして背後から迫るクムの第一公子タルー率いる軍勢でした。イシュトヴァーンの獅子《しし》奮迅《ふんじん》の活躍もあってアムネリス軍も善戦しますが、しだいに形勢は悪化し、一時は全滅も覚悟せざるをえない状況に追い込まれました。

しかし、アリオン伯をはじめとする援軍の到来、さらにはトーラス駐留軍司令官の暗殺やトーラス市民によるゲリラ活動もあり、形勢は逆転します。アムネリスとイシュトヴァーンは市民の歓呼の中、トーラスに迎え入れられ、さらにはタルー公子を捕虜にするという大勝利となりました。

旬日《じゅんじつ》を待たずして、再び軍勢を送ってきたクム軍を迎撃するため、イシュトヴァーンはタルガス砦《とりで》へ向け出撃しました。しかし、その隙《すき》にトーラスでは、ある残虐《ざんぎゃく》な陰謀が実行に移されていたのです。

【初級】トーラス郊外のミダの森を舞台に行なわれた、この陰謀とは何？
【中級】その陰謀の首謀者は？
【上級】トーラス駐留軍司令官ロブ・サンを暗殺したのは誰？

【解答】
【初級】盗賊時代からのイシュトヴァーンの部下をだまして虐殺した。
【中級】アリストートス
【上級】メンティウス

【解説】

元モンゴール軍青騎士団指令であったメンティウスは、第二次黒竜戦役《こくりゅうせんえき》時に重傷を負って降伏。その後はトーラスにあってクムに仕《つか》え、モンゴールのまとめ役となっていました。元々は忠義の武将として知られていただけに旧モンゴール勢力からの反発は強く、裏切者の汚名を着せられていました。

しかし、その忠義の心は失われていなかったのです。実はメンティウスにはクムが雇ったキタイの暗殺者が張りついており、クムを裏切れば命を奪うと脅《おど》されていました。にもかかわらずメンティウスは、いざという時にその忠義心を発揮し、自分の命と引き替えにロブ・サンらを暗殺したのです。

一方で、メンティウスの忠義は、これからモンゴール、そしてゴーラを舞台に渦巻くことになる卑劣な陰謀の主《ぬし》をもトーラスに招き入れるものとなってしまいました。その主とは、イシュトヴァーンの軍師としてモンゴール復活に一役買ったアリストートス。早くも新たな陰謀を巡らせていた冷酷な彼の犠牲者となったのが、ここまで苦楽をともにしてきた盗賊の仲間たちだったのです。

モンゴール救国の英雄となったイシュトヴァーンから盗賊のイメージを払拭《ふっしょく》したいと考えたアリストートスは、ひそかに盗賊仲間をミダの森に誘い出し、彼らを皆殺しにしたのでした。しかし、その虐殺劇を目撃していた者が一人だけいたこと、そして盗賊の中でただ一人、虐殺を生き延びた者がいたことに、アリストートスはまだ気づいていませんでした。

【問30】

嵐の中で始まったクム軍との戦いを制し、タルガス砦《とりで》を奪還《だっかん》したイシュトヴァーンは、モンゴール救国の英雄として、再びトーラス市民の熱狂的な歓迎を受けて凱旋《がいせん》しました。しかし、盗賊時代の仲間たちが姿を消したことに衝撃を受け、またモンゴールの将軍としてアムネリスの部下となったことで、自由を奪われたようにも感じ始めていたイシュトヴァーンは、しだいに鬱屈《うっくつ》した日々を過ごすようになっていきました。

そんな時、ある女性から思わぬ愛の告白を受けたイシュトヴァーンは、衝動的にその女性と一夜をともにし、ついにはその女性とともに自由を目指してトーラスを脱出する決意をしました。しかし、まさに脱出しようとしたその晩、イシュトヴァーンのもとを沿海州からある人物が訪れました。孤児だったイシュトヴァーンにとっては父ともいうべきその人物との再会により、イシュトヴァーンはモンゴールに留まる決意をしたのです。

【初級】この時再会した、イシュトヴァーンの父ともいうべき人物とは誰？
【中級】その時、イシュトヴァーンとともにトーラスを脱出しようとしていた女性とは誰？
【上級】この頃、トーラスで匿《かくま》われていた、ミダの森の虐殺ただ一人の生き残りとは誰？

【解答】
【初級】カメロン
【中級】フロリー
【上級】デン

【解説】
問15の解説でもふれましたが、ヴァラキアで少年時代を送っていたイシュトヴァーンを息子のように思っていたのが、ヴァラキア海軍提督カメロンでした。イシュトヴァーンが十六歳の時にヴァラキアを出奔《しゅっぽん》して以来、彼の消息を求め続けていたカメロンは、イシュトヴァーンがモンゴールの将軍となったのを知り、真っ先にそのもとへと駆けつけてきたのでした。やがてカメロンはヴァラキア海軍提督の職を辞し、イシュトヴァーンとともにモンゴールに伺候《しこう》することとなります。

もしこの時カメロンがやってこなければ、フロリーはイシュトヴァーンの運命を大きく変えていたかも知れません。アムネリスの手前、イシュトヴァーンへの思いを抑えていた控えめな彼女にとって、イシュトヴァーンへの愛の告白は大変な勇気を必要とするものであったに違いありません。イシュトヴァーンがフロリーのもとに現われなかった夜、彼女はひとりでトーラスを去っていきました。しかしこの時、彼女はまだ、自分が大いなる運命を身に宿していることに気づいてはいなかったのです。

ミダの森の唯一の生き残りとなったデンは、かつてイシュトヴァーンの命を救ったこともある、イシュトヴァーンと最も親しかった盗賊のひとりでもありました。少し抜けているところもあるものの、とても気のいい男でしたが、このミダの森での恐るべき体験が、彼の正気を完全に奪ってしまいました。そしてこのデンの存在が、新たな悲劇を引き起こしていくことにもなるのです。

【問31】

その頃、パロ宮廷では決闘騒ぎが起こっていました。リンダがイシュトヴァーンに恋をしているのを知って以来、リンダに対して何かと侮辱《ぶじょく》的な態度をとり続けていたナリスに対し、リンダを崇拝《すうはい》するアウレリアス伯が決闘を申し入れたのです。

決闘の中止を求めるリンダの願いもむなしく、聖王レムスの面前で、二人の決闘が正式な作法に則《のっと》って行なわれました。その結果、ナリスは敗《やぶ》れ、重傷を負いました。

そして、リンダに予知とサリアの神託が訪れます。それはリンダにナリスへの思いをはっきりと自覚させるものでした。リンダはナリスのもとを訪れて彼への愛を告白し、そして二人は自分たちに課せられた運命を悟りました。それからまもなくして行なわれた、誰もが待ち望んでいたリンダとナリスの結婚式に、パロ中が祝賀ムードに包まれました。しかしそれは、のちにパロを襲う悲劇へとつながる序曲でもあったのです。

【初級】この頃、ナリスに見いだされて古代機械の研究を行なうこととなった、ヴァラキア出身の学生は誰？

【中級】当初、ケイロニア使節としてこの結婚式に出席予定であったグインは結局出席できませんでした。その理由は？

【上級】ナリスとリンダが新婚旅行で訪れた、カレニア地方の有名な滝の名は？

【解答】
【初級】ヨナ・ハンゼ
【中級】ケイロニア皇女シルヴィアの誘拐事件が起こったから。
【上級】マリオンの滝

【解説】
十二歳の時に、当時のパロ宰相《さいしょう》リヤに見いだされてパロへとやってきたヨナ・ハンゼは、アムブラ最高の私塾であるオー・タン・フェイ塾や、世界の学問の中心である王立学問所で学び、その天才ぶりでたちまちのうちに頭角を現わしました。外国人の身でありながら、史上最年少で王立学問所の助教となったヨナは、その最初の出会いでナリスを驚嘆させ、たちまちナリスのお気に入りの学生の一人となりました。実は彼の出自《しゅつじ》にはある秘密があるのですが、それは外伝で語られることになります。

ナリスとリンダの新婚旅行は、クリスタルからマルガ、サラミス、カレニア、カラヴィアを回る旅でした。その途中で立ち寄った〈マリオンの滝〉は稀代の詩人オルフェオの詩篇にも詠《うた》われた、森の泉のほとりで女神イラナの入浴を盗み見て鹿に変えられてしまったという伝説の英雄マリオンからその名をとった滝で、まさしく神話を思い起こさせるような雄大なスケールを誇っています。振り返れば、この新婚旅行こそが、ナリスとリンダの最も幸福な時間であったのかもしれません。

その幸福な結婚式の中で、二人にとって最大の心残りとなったのは、やはりグインが出席できなかったことでしょう。リンダにとっては恩人との再会、ナリスにとっては神秘との出会い、その機会はシルヴィア誘拐という卑劣な陰謀によって奪われてしまいました。そして二人とグインとの出会いはずっとあと、このような平和と祝福とはほど遠い状況の中で果たされることとなります。

【問32】

ケイロニアを震撼《しんかん》させた皇女シルヴィア誘拐事件を引き起こしたのは、ひとりの舞踏教師でした。ユラニア戦役後の平穏《へいおん》な日々の中で、グインとシルヴィアは互いを憎からず思うようになっていました。しかし、その二人の間に巧みに割り込んできたのが、アルセイスからやってきたという黒髪、紅唇《こうしん》の美貌《びぼう》の教師エウリュピデスだったのです。

彼からダンスの指導を受けるうちにシルヴィアは、その絶世の美男子ぶりと、恋に憧れる乙女心を知りつくしたような手練手管《てれんてくだ》に、しだいに陶然《とうぜん》とした気分に包まれていきました。やがてひそかな逢瀬《おうせ》の中で媚薬《びやく》の罠にはまったシルヴィアは、淫《みだ》らな夢の中に意識を失っていきました。そしてそのままシルヴィアは、黒曜宮《こくようきゅう》からエウリュピデスともども姿を消してしまったのです。

この大事件に戒厳令《かいげんれい》が敷かれたサイロン。そこに届いたのは、かつてケイロニアを追われた皇弟ダリウスからの皇位を請求する書簡《しょかん》でした。

【初級】ダンス教師エウリュピデスの本当の名は？
【中級】皇弟ダリウスの潜伏《せんぷく》場所はどこ？
【上級】この頃に亡くなった、ゴーラ最後の皇帝サウルのフルネームは？

【解答】
【初級】タイスのユリウス
【中級】バルヴィナ
【上級】サウル・メンデクス・ブロス・モンゴーラ三世

【解説】
その絶世の美男子ぶりで巧みにシルヴィアを誘惑したエウリュピデスは、本名をタイスのユリウスといい、クムの遊郭《ゆうかく》都市タイスの遊郭きっての美貌と性技と残忍さとで名をはせた、またの名をドールの子と呼ばれる男娼《だんしょう》でした。うぶな乙女にすぎなかったシルヴィアがその手管に溺《おぼ》れてしまったのも、無理のないことではあったかも知れません。もっとも、ユリウスはこのあと、さらにとんでもない正体を現わしていくことになるのですが、それはまたしばらく先の話となります。

ただし、シルヴィア誘拐の黒幕の一人であったダリウス大公が潜伏していた場所のことを思えば、エウリュピデスことユリウスがアルセイスからやってきたと名乗ったのも、あながち嘘ではなかったということになるのでしょうか。ダリウスが潜伏していたバルヴィナはアルセイス近郊の小都市で、第一次ケイロニア‐ユラニア戦役でも鍵となった場所です。かつてはゴーラ皇帝サウルの住まう、きわめて古いカナン様式にのっとった城砦《じょうさい》都市でしたが、その当時はさほど大きな意味合いを持つ都市ではありませんでした。しかし、のちにはその名前も姿も大きく変えて、中原に大きな影響力を持つ都市となっていくことになります。

そのバルヴィナで幽閉されたまま一生を過ごした第百三十代ゴーラ皇帝のフルネームは、サウル・メンデクス・ブロス・モンゴーラ三世。享年《きょうねん》は七十七歳でした。

【問33】

シルヴィア誘拐事件の黒幕がダリウスであり、その背後にユラニアの存在があることを知ったケイロニアは、ただちにグイン率いる黒竜騎士団を中心とした大軍を編成、一気にユラニアに攻め込むと同時に、パロ、クム、モンゴールに対して同盟を呼びかけました。それに応えてクムとモンゴールは援軍を派遣し、自由国境地帯の寒村でケイロニア軍に合流します。それはかつて袂《たもと》を分かったグインとイシュトヴァーンのひさびさの対面でもありました。

ガザとエルザイムの攻撃をクム・モンゴール両軍にまかせたグインは、ダリウスの待つバルヴィナを攻撃します。すでに戦意を喪失していた傭兵《ようへい》を中心とするダリウス軍はまもなく降伏、ダリウスはとらえられ、グインの前に引き出されました。

グインはダリウスにシルヴィアの行方を明かすようきびしく責め立てました。しかしダリウスはそんなグインを嘲笑《ちょうしょう》し、皇女の行方を明かさぬまま、自ら炎の中に身を投げたのです。

【初級】グインとイシュトヴァーンが再会した寒村の名は？
【中級】イシュトヴァーンと再会した夜、グインがイシュトヴァーンに対して取った行動とは？
【上級】グインがサイロンを出る時、グインの前に現われて予言をした魔道師は誰？

【解答】
【初級】カレーヌ
【中級】土下座して謝罪した。
【上級】世捨て人のルカ

【解説】

正篇42巻『カレーヌの邂逅《かいこう》』のタイトルを飾ったカレーヌ村は、ケイロニアとユラニアをへだてるサンガラ山地にある寒村です。小さな街道の分岐点となっていることから、一応の宿屋はあるものの、普段はひっそりとしたこの村が、この時はじめて歴史上大きな役割を果たすことになったのでした。

そのカレーヌの唯一の宿屋《銀の鳩》亭が、グインとイシュトヴァーンとのひさびさの再会の舞台となりました。かつてサイロンで、土下座までして懇願《こんがん》した助力を断ったグインに、イシュトヴァーンは強いわだかまりを抱え、軍議の席でもいっさい口を開こうとはしませんでした。ほとんど無言のまま席を立ったイシュトヴァーンを呼び止めたグインは、衝動的にイシュトヴァーンの前に跪《ひざまず》き、土下座をします。それはグインにとっても、友へのかつての裏切りが、心に重くわだかまっていたことを象徴《しょうちょう》的に示す出来事でありました。

このグインの行動によって、二人は和解しました。ですが、それはあるいはさらに大きな悲劇への引き金であったのかも知れません。すぐれた予言者として知られる魔道師、世捨て人のルカは、かつてグインに「悲しみの乙女と同じく喪《うしな》われた友が、王のバルギリウスの肩にお生命《いのち》をうばう矢を射込むことでありましょう」と語りました。この「乙女」がシルヴィア、「友」がイシュトヴァーンだとすれば、この時グインは危うい運命への分岐点に立っていたのではないでしょうか。

【問34】

その頃、野望に燃えるイシュトヴァーンはアリストートスの進言に従い、アルセイスを急襲していました。ユラニアがイシュトヴァーンの手に落ちることを危惧《きぐ》したグインはアルセイスへ急行し、まさに剣を交えようとしていたイシュトヴァーンとネリイの間に割って入り、戦いを終結させました。

しかし、その時にモンゴール軍が放った火により、アルセイスは炎上します。ユラニアの宮殿・紅玉宮《こうぎょくきゅう》からその様子を眺《なが》めていたグインは、その時、宮殿の塔の中から彼を呼ぶ声を聞きました。

声の主を求めて塔の地下へ降りたグインを待っていたのは、遥か昔にグラチウスにとらえられ、監禁されていた魔道師イェライイシャでした。グインに救出されたイェライイシャは、その礼としてシルヴィアの行方につながる手がかりを与えます。そしてグインは、部下たちに手紙だけを残し、単身シルヴィア探索の旅に出かけていったのです。

【初級】グラチウスの通り名は〈闇の司祭〉。では、イェライイシャの通り名は？
【中級】イェライイシャが監禁されていた期間はおよそ何年間？
【上級】まじない小路の隠れ家で、イェライイシャがグインにふるまったものとは？

【解答】
【初級】《ドールに追われる男》
【中級】五百五十年間
【上級】一角獣の焼肉と猿がかもしたワイン

【解説】
かつてサイロンでもグインを救い、以後グインの最大の味方の一人となる大魔道師イェライシャは、その年齢を三大魔道師の一人に数えられるグラチウスよりも年長の一千歳といわれ、そもそもは悪魔神ドールの忠実な徒として、ドール教団の創設者の一人ともなった人物でした。

しかし六百年ほど前、名もなき白魔道師との闘いをきっかけとしてイェライシャはドール教団を抜け、白魔道師に転身しました。それは当然ながらドール教団と、そしてドールその人の怒りを買うものでした。以来、イェライシャは《ドールに追われる男》との異名《いみょう》を取ることになったのです。

そのイェライシャがグラチウスの周到な罠にはまったのは、それからまもなくのことでした。しかしグラチウスは、とらえたイェライシャをドールに捧げることをせず、五百五十年と四カ月もの長きにわたって監禁したのです。それはイェライシャの魔力を手に入れて、いずれはドールに成り代わろうという、グラチウスの貪欲《どんよく》な昏《くら》き野望の現われでもありました。

グインの力によって解放されたイェライシャは、グインを自分の結界に伴い、「この地上のいかなる国でもない場所で取れた一角獣の焼肉」と「伝説の中でのみ存在していたあの猿がかもしたワイン」をふるまいました。このことはイェライシャにとって印象的なことであったようで、ずっとあとの物語となる外伝『七人の魔道師』の中でも、この二つの料理のことを懐かしそうに話しています。

【問35】

グインの突然の失踪《しっそう》は、ケイロニア軍のみならず、さまざまな人々にさまざまな波紋をもたらしました。中でもイシュトヴァーンは、グインに再び裏切られたかのように感じ、荒《すさ》んだ心の赴《おもむ》くままに暴れ回っていました。そんな彼の心を救ったのは、アルセイスで出会った幼い孤児の少年でした。その少年は次第に、イシュトヴァーンにとっては初めてできた家族ともいうべき存在となっていきました。

ユラニアとの和平成立後、モンゴールにカメロンが伺候《しこう》したとの知らせを受けたイシュトヴァーンは、幸福感の中で少年を連れてトーラスへの帰途につこうとしました。しかし出発の前夜、少年は嫉《しっ》妬《と》に狂ったアリストートスの手によって殺害されてしまいました。そうとは知らぬイシュトヴァーンは、少年が変心して彼のもとを去っていったものと思い、再び深く傷ついてしまいます。

失意の中、トーラスへ戻ったイシュトヴァーンは、アムネリスの願いを受け入れ、アムネリスと婚約したのでした。

【初級】イシュトヴァーンが弟のように可愛がっていた、この少年の名は？
【中級】この少年が信仰していた神の名は？
【上級】戦役終結を受けた和平交渉の席で、アリストートスが提案したこととは？

【解答】
【初級】リーロ・ソルガン
【中級】ミロク
【上級】クムの三公子とユラニアの三公女の婚約

【解説】
グインの「裏切り」に怒り狂っていたイシュトヴァーンの心を救った少年リーロ・ソルガンは、当時まだ十歳という幼さでした。大工の父と、もと仕立女の母とのあいだに、四人兄弟の長男として生まれたリーロは、幼さの中にも年齢には似合わないような落ち着きと賢さを備えた少年でした。

リーロの一家が信仰していたミロク教とは、純潔、無欲、無産、無暴力、無言を五徳にかかげ、近年になって急速に信者の数を増やしてきた一神教です。ミロクの敬虔《けいけん》な信者であった両親の薫陶《くんとう》を受けて育ったリーロは、七歳の時に父を事故で亡くしてからも、よく母を助けて健気《けなげ》に生きてきました。孤児となっても気丈にふるまうその態度は、イシュトヴァーンにかつての幼なじみを思い出させるものでもありました。何よりも孤独を厭《いと》い、家族を欲していたイシュトヴァーンにとって、リーロとのあいだに通った心のぬくもりが持つ意味合いは、とても大きなものだったのです。

もしかしたらイシュトヴァーンの運命を変えていたかも知れない少年の命を、身勝手な欲望と嫉妬から殺害してしまったアリストートスの残忍さは、なおも留まるところを知りませんでした。誰もが驚いた、クムの三公子とユラニアの三公女の婚姻《こんいん》という彼の提案も、その見かけのめでたさとは裏腹に、中原に激動をもたらす陰惨な陰謀を裏に秘めたものでした。まさしくアリストートスこそは、ドールが中原に遣《つか》わした悪魔の使者であったのかも知れません。

【問36】

パロでは、聖王レムスとクリスタル公アルド・ナリスとの間の溝《みぞ》が深まりつつありました。王権強化、王政復古を目指すレムスに対し、その動きに反発するものたちが、開かれた王室の象徴《しょうちょう》たるナリス支持の姿勢を強めたのです。その中心となったのが、アムブラに立ち並ぶ私塾の学生たちでした。その頃、ヤヌス十二神に関する異端の論文を発表した学生が、国王の信任厚い王立学問所長の進言により投獄されたという事件もあって、私塾の学生たちの不満は高まっていきました。そしてレムスがナリスを摂政職《せっしょうしょく》から解任した時、ついに学生たちの不満は爆発しました。

暴動も辞さぬ構えの学生を説得するためにアムブラに向かったナリスに、一部の学生たちから「パロ国王、アルド・ナリス陛下万歳！」の声があがりました。それはナリスの本意ではありませんでした。しかし、レムスはこれをナリス謀反《むほん》の証拠として、ナリスを反逆罪で逮捕《たいほ》したのです。

【初級】この時、ナリスが投獄されたのは、クリスタル・パレスの何という塔でしょう？
【中級】当時、王立学問所長を務めていた、キタイ出身の学者は誰？
【上級】ヤヌス十二神に関する異端の論文を発表した学生とは誰？

【解答】
【初級】ランズベール塔
【中級】カル・ファン
【上級】アルフリート・コント

【解説】
問8にも登場した、クリスタル・パレスの北にそびえるランズベール塔は、身分の高い罪人や、国家にかかわる大罪人専用の特殊な牢獄でした。建国王アルカンドロスの命を受け、時の大魔道師ランズベールが建設したというこの塔は地上十五階、地下は何層とも知れぬ深みにまで達しているといわれ、脱獄不能な別名「絶望の塔」として数々の悲劇の舞台となってきました。そして、このナリスの投獄をきっかけに、この塔の存在がさらにクローズアップされていくことになります。

そのナリスの投獄に大きな役割を果たしたのが、時の王立学問所長カル・ファン導師でした。国王レムスの側近《そっきん》としてしだいに大きな発言力を持つようになった彼は、レムスが目指す王権強化を学問的な見地から支持する存在でもありました。しかし、カル・ファンには王立学問所長という表の顔だけではない裏の顔があったのです。キタイ出身という出自《しゅつじ》、そしてカル・ファンという名前。それが暗示する大きな意味合いにナリスが気づいた時には、事態はすでに大きく動いていたのです。

そんな折り、王立学問所の助教授であったアルフリート・コント子爵が著した『ヤヌス十二神と宗教』という論文がレムスの逆鱗《げきりん》にふれたのは、それがヤヌス十二神の実在を否定し、ひいてはヤヌスから与えられたパロ聖王家の王権を否定するものと受け取られたからでした。そして、このコントの逮捕は、単なる言論封殺《ふうさつ》に留まらない、大きな波紋をクリスタル中に広げていくことになったのです。

【問37】

ナリス逮捕《たいほ》の報《しら》せは、まもなくクリスタル中に伝わりました。ナリスを支持するアムブラの一部の学生たちは激昂《げきこう》し、クリスタル市庁舎を占拠、多数の人質を取って立てこもり、レムスの退位などを求める声明文を発表しました。

その頃、ランズベール塔に監禁されているナリスのもとをカル・ファンが訪れました。カル・ファンはレムスに無断でナリスを拉致《らち》して地下牢に閉じ込め、きびしい拷問《ごうもん》を加えます。それに気づいたヴァレリウスがナリスを救出した時には、ナリスの肉体はぼろぼろに傷ついていました。

病床のナリスはヴァレリウスに対し、暴動を主導した学生の暗殺と、アムブラの弾圧を命じました。その作戦はすぐさま実行に移され、暴動はようやく鎮圧され、追いつめられたカル・ファンは自殺しました。しかしこの時、この暴動の背後に潜《ひそ》む恐るべき真実に気づき始めていたのは、まだナリスをはじめとするごく一部の人々にすぎなかったのです。

【初級】身分の高い罪人の牢獄《ろうごく》であるランズベール塔に対し、身分の低い罪人の牢獄となっているのは何という塔？
【中級】市庁舎を占拠した学生たちの死体が晒《さら》された、クリスタル最大の広場とは？
【上級】この時、人質となって学生たちに殺害された、護民長官の名は？

【解答】
【初級】ネルバ（ネルヴァ）塔
【中級】アルカンドロス広場
【上級】ライス男爵

【解説】
ランズベール塔と対《つい》をなすネルバ塔は、クリスタル・パレスの東側、東大門の北に位置しています。平民や微罪の罪人のための牢獄として建設されたこの塔は、かなり大きな窓も設けられた、ランズベール塔に比べれば陰惨な印象の少ない塔です。治安の良いクリスタルゆえ、普段は塔の牢獄もほとんど埋まっていませんでしたが、このアムブラ弾圧の際に限っては、逮捕された学生たちで塔があふれるほどの事態になりました。それほどに、この際の弾圧はきびしいものとなったのです。

そのネルバ塔の直下、クリスタル・パレスの東側に広がるのが、建国王の名をいただくアルカンドロス広場です。高さ五タールにもおよぶアルカンドロス大王の壮麗な石像が見守るこの広場は、パロやクリスタルに大きな異変や慶事が起こった時には、民衆が真っ先に集まる場所として、数々の悲喜劇を見守ってきた場所でもあります。この暴動の首謀者となった学生たちの死体が十字架に架けられて晒《さら》されたのも、このアルカンドロス広場でした。

多くの人々が傷ついたこの暴動で、最も大きな悲劇の舞台となったのがクリスタル市庁舎でした。立てこもっていた学生、人質は全員が死亡、その中には行政秘書官アライン子爵や護民長官ライス男爵といった貴族も含まれていました。その残された家族に向かい、レムスが土下座して謝罪したことで、市民のあいだのレムスの人気はいったんは回復へと向かったのですが……。

【問38】

聖王レムスは自分の非を認め、ナリスの釈放《しゃくほう》を命じました。しかし、ナリスの容態はますます悪化し、その命を救うためにはやむなしとして、主治医はナリスの片足を切断しました。

一方、暴動の発端《ほったん》となったアムブラに対するきびしい弾圧はなおも続いていました。アムブラ最高の頭脳といわれるオー・タン・フェイ師をはじめとする名だたる私塾の師が次々と逮捕《たいほ》、追放され、ついには副宰相《さいしょう》となったヴァレリウスの名において、アムブラでの一切の私塾の活動を禁止する私塾禁止令が発布《はっぷ》されました。そのため、ヴァレリウスはアムブラの人々からの敵意に満ちた視線を浴びることとなったのです。

それからしばらくして、レムスによる恒例《こうれい》の朝の謁見《えっけん》に、ひさびさにナリスが姿を見せました。移動式の寝台に横たわったまま現われたナリスは、病を理由に宰相を辞し、後任の宰相にヴァレリウスを推挙しました。それはパロの歴史でも初めての、魔道師宰相が誕生した瞬間でした。

【初級】切断されたのは、ナリスの右足？　それとも左足？
【中級】ナリスの主治医の名は？
【上級】私塾禁止令が発布されたのは、何年何月何日？

【解答】
【初級】右足
【中級】モース
【上級】狼の年　黒の月　ルアーの日

【解説】

カル・ファンの拷問《ごうもん》により、ナリスが負った怪我は予想以上に深刻でした。長い時間縛られて血行が止まっていた四肢《しし》の先端が壊死《えし》に近い状態となり、そこから発した毒が全身に回りはじめたため、一時は生命さえも危ぶまれる状態となりました。たとえ、ナリスの体力と気力が持ちこたえたとしても、最悪の場合には四肢のすべてを切断しなければならないところまで追い込まれていたのです。

最終的にナリスが失ったのが右足だけですんだのは、王室付きの侍医であり名医として知られたモース博士の懸命の治療のたまものであったでしょう。しかし、右足以外は切断こそまぬがれたものの、壊死した部分をかなり除去しなければならなかったため、四肢の機能はほぼ失われてしまいました。

以後、モース博士は常にナリスの主治医として、彼のそばを離れることなく看護と治療にたずさわることとなりますが、ナリスの四肢の機能を救うことができなかったことに、彼は人知れず医師としての無力を痛感することとなったのです。

ヴァレリウスがアムブラに私塾禁止令を発布したのは、ナリスが右足を切断してから一月も経たない頃のことでした。竜の年青の月の黒竜戦役勃発《ぼっぱつ》から三年と二カ月、アムブラの人々は今度は敵国ではなく、自国政府の手で弾圧を受けることとなったのです。しかし、実はその弾圧の裏に、彼らが熱狂的に支持したナリスの意志が働いていたことを、彼らは知るよしもありませんでした。

【問39】

トーラスでは、カメロンとアリストートスの暗闘が始まっていました。

ある日、カメロンはお気に入りの居酒屋《煙とパイプ》亭の若主人ダンから、ミダの森で行なわれた虐殺《ぎゃくさつ》の黒幕がアリストートスであるという証拠を握っているという衝撃的な告白を受けました。ダンはそのことをアリストートスに知られることを怖れ、思いつめてカメロンに相談したのです。

その不安はまもなく的中しました。アリストートスが雇ったごろつきどもが、《煙とパイプ》亭を襲ったのです。当時、身重だったオクタヴィアやカメロンの私設騎士団員の活躍により、何とかごろつきどもを撃退したものの、アリストートスの冷酷さに対するカメロンの危惧《きぐ》はますます深まっていきました。

カメロンはアリストートスの殺害を決意します。しかしアリストートスから卑劣な脅迫《きょうはく》を受けたカメロンは殺害を断念せざるをえませんでした。そして二人の間には、深い遺恨《いこん》だけが残ったのです。


【初級】《煙とパイプ》亭が襲撃された夜に誕生した、マリウスとオクタヴィアの長女の名は？

【中級】カメロンが組織した私設騎士団の名は？

【上級】アリストートスがカメロンを脅迫した、その内容とは？

【解答】
【初級】マリニア
【中級】ドライドン騎士団
【上級】アリストートス子飼いの魔道師がイシュトヴァーンを殺害すると脅迫した。

【解説】

「ドライドン騎士団」とは、カメロンがヴァラキア海軍提督を辞してモンゴールへ伺候《しこう》した際、カメロンを慕《した》ってともにモンゴールへやってきた船乗りたちを中心とする軍隊です。もともとは慣れぬ異国でのカメロンの活動を裏から支える秘密軍隊としての性格が強いものでしたが、のちにはカメロン直属の部隊として正式に認められていくことになります。ちなみに「ドライドン」とはヤヌス十二神の一柱《ひとはしら》に数えられる神で、沿海州では主神としてあがめられています。

そのドライドン騎士団の活躍により救われたオクタヴィアが無事に出産した女の子は、マリニアと名づけられました。マリニアとは中原で広く愛されている可憐《かれん》な白い花の名前であり、父マリウスにちなんだ名前でもあります。そしてこのマリニアの誕生は、パロ聖王家とケイロニア皇帝家の双方の血を引く初めての子の誕生という、重要な意味を持つものでもありました。

《煙とパイプ》亭の人々を始め、無辜《むこ》の民衆をも冷酷に犠牲にしようとするアリストートスの卑劣さに、彼の暗殺を決意したカメロンでしたが、アリストートスの卑劣さはカメロンの想像を遥かに超えるものでした。アリストートスが歪《ゆが》んだ愛情を抱くイシュトヴァーンの命を盾《たて》にとっての脅迫には、さしものカメロンもあまりの怒りとおぞましさに絶句してしまいました。そして、このアリストートスの強烈な「毒」が、このあと急速に中原をむしばんでいくことになるのです。

【問40】

ユラニアでは、クムの三公子とユラニアの三公女の合同結婚式が行なわれようとしていました。首都アルセイスは祝賀ムードに包まれ、モンゴールからはイシュトヴァーンとアリストートスが祝賀使節として婚礼に参加しました。しかし、この婚礼こそが、アリストートスが中心となってたくらんだ恐るべき陰謀の舞台だったのです。

異変は婚礼が始まってまもなく起こりました。祝いの酒に仕込まれた毒により、次々と倒れる花嫁たち。モンゴール軍に周囲を固められ、逃げ場を失った公子たちに向けられる卑劣な剣。魔道師の毒が大公夫妻を襲い、ユラニアの重臣たちも次々と倒れ、めでたい婚礼の場は一瞬にして修羅場《しゅらば》と化しました。

その知らせはたちまち各国に伝えられました。そしてクムからは、怒りに燃えるタリオ大公が自ら軍を率いてユラニアに出兵しました。それを迎え撃つのはイシュトヴァーン。これがゴーラ全土を襲った未曾有《みぞう》の戦乱の幕開けとなったのです。

【初級】この陰謀の首謀者の一人で、ユラニアの新大公に即位したのは誰？
【中級】クムの三公子のうち、この陰謀で殺害されたのは誰？
【上級】この合同結婚式で夫婦になるはずだった三組の新郎新婦の組み合わせは？

【解答】
【初級】ネリイ
【中級】タル・サン
【上級】タルー-ネリイ、タル・サン-エイミア、タリク-ルビニア

【解説】
全中原を震撼《しんかん》させたこの陰謀を首謀したのは、モンゴールの軍師アリストートスと、クムの第一公子タルー、そしてユラニアの第二公女ネリイでした。第二次ケイロニア-ユラニア戦役の折り、ともに大公位への野望に燃えるタルーとネリイが恋仲になったことから、それぞれがライバルとなる兄弟姉妹を強引に排除しようともくろんだのでした。形の上ではアリストートスがそれに手を貸す形となりましたが、もちろん、アリストートスにはその先を見すえた別の目論見《もくろみ》があったのです。

タルーとネリイが最初にカップルになったことから、三組の組み合わせは、長男タルーと次女ネリイ、次男タル・サンと長女エイミア、三男タリクと三女ルビニアという、少しいびつなものとなりました。もはや人間らしさを失ってしまったルビニアと婚約させられたタリクにとっては、本人も嘆《なげ》いていたように実に気の毒なことでもありましたが、守銭奴《しゅせんど》として知られたエイミアと、これもケチで知られたタル・サンのカップルは、実現していれば案外似合いの夫婦となったかも知れません。

しかし、それが実現することはありませんでした。ルビニアとエイミアがまず毒殺され、次いでタル・サンがタルーの手によって斬殺されました。そしてタリクも大混乱の中で殺害されたと見られていました。タリオ大公が自ら陣頭に立って出兵したのも、最愛の末っ子タリクが殺されたと思ったがゆえのことでした。ところがこの時、タリクはアリストートスによって密かに匿《かくま》われていたのです。

小説以外のグイン・サーガ②

■舞台

二度ほどミュージカル化されていますが、どちらも栗本薫自身が中島梓名義で脚本、演出、音楽を担当しています。

『マグノリアの海賊』　一九九一年一月に東京のシアターアプルで上演されました。内容は外伝九巻と同じですが、この作品はミュージカルの企画が先にあり、脚本と小説の執筆は同時期に行なわれました。

『グイン・サーガ炎の群像』　一九九五年十一月に東京のシアターアプルで、十二月に大阪のシアター・ドラマシティで上演されました。十六巻までのモンゴールからパロを取り戻すまでが描かれています。ただし、舞台はパロのみでありグインは一切登場しません。

『炎の群像』ポスター

■コミック

外伝一巻『七人の魔道師』が柳澤一明氏の手によってコミック化されました。『月刊コミックフラッパー』で連載され、全三巻の単行本が㈱メディアファクトリーより刊行されています。ただし、途中からオリジナル要素が加わったため「七人の魔道師をもとにしたオリジナルストーリィです」との注釈が加えられました。

また、正篇が沢田一氏によってコミック化されています。『月刊コミック　ラッシュ』にて連載中で、

ジャイブ㈱より二〇〇九年七月時点で四巻までが刊行されています

■翻訳

正篇『辺境編』が英語、ドイツ語、フランス語、ロシア語、イタリア語の五国語に翻訳されて出版されています。

表紙は各国ごとに異なっており、オリジナルのイラストを使用している版もあります。特にドイツ語版はアニメ的な絵を使用した独特のものになっています。

また、コミックスの「七人の魔道師」が英語と中国語とタイ語に、正篇が中国語に翻訳されて出版されています。

■アニメーション

二〇〇九年四月よりNHK BS2で放送されています。監督を若林厚史氏が、シリーズ構成・脚本を米村正二氏が、キャラクターデザイン原案を皇なつき氏が、音楽を植松伸夫氏が担当しています。アニメーション制作は㈱サテライトです。

原作にほぼ則ったストーリーで全二十六話で正篇十六巻までが描かれます。大変美しく迫力のある映像で、イメージを損なわない丁寧な作りは小説ファンの期待を裏切らないものとなっています。

英語版『豹頭の仮面』

ドイツ語版『豹頭の仮面』

第三部

出題範囲
第56巻〜第92巻

〔クム・ユラニア・モンゴール〕

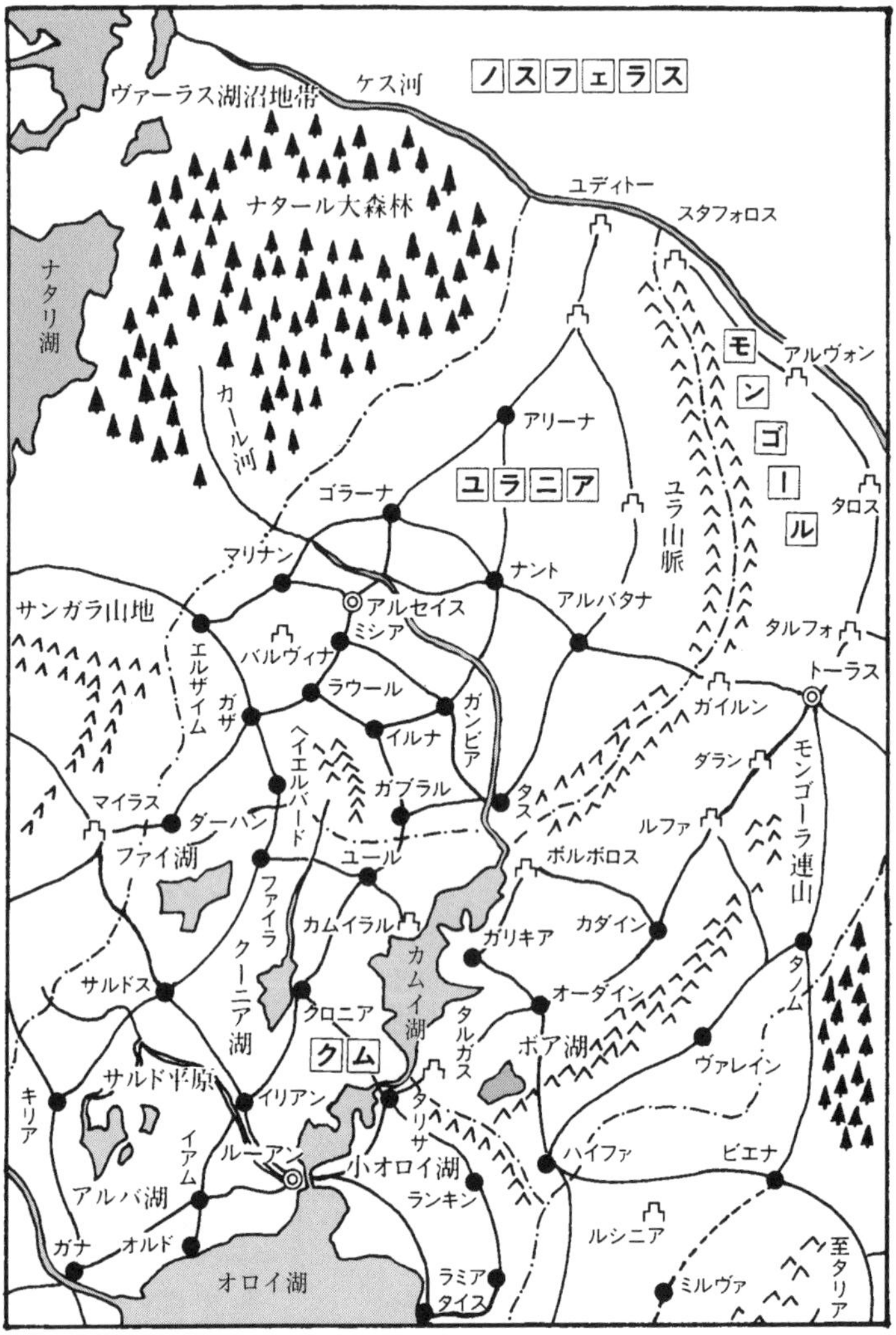

【問41】

クム大公タリオが率いる屈強なクム軍六万に対し、イシュトヴァーン軍は二万強。しかもそのほとんどは軍事力に劣るユラニアから借りた兵士とあって、戦況はクム軍に圧倒的に有利かと思われました。しかし「勇将《ゆうしょう》のもとに弱卒《じゃくそつ》なし」との言葉通り、常識にとらわれず次から次へと奇襲や奸計《かんけい》を繰り出すイシュトヴァーンの用兵に、直属のモンゴール軍ばかりでなくユラニア軍までもが奮起し、タリオ軍を翻弄《ほんろう》し続けました。

業を煮やし、また焦りの色も見え始めたタリオ大公は、大胆な囮《おとり》を使ったイシュトヴァーンの罠にはまり、本隊から孤立してしまいます。そして、その機を逃さず、イシュトヴァーンはタリオ軍に最後の奇襲をかけました。

赤い街道の盗賊時代を彷彿《ほうふつ》とさせるようなイシュトヴァーンの変幻自在の攻撃に、タリオ軍はしだいに追いつめられていきました。そしてついに、モンゴール軍の手によって、タリオ大公は討ち取られてしまったのです。

【初級】タリオ大公を討ち取ったモンゴール軍の武将は誰？
【中級】戦いに敗《やぶ》れたクムを建国した人々は、もともとはどこの国からの移民だったでしょう？
【上級】ユラニア、クム、モンゴールのゴーラ三大公国。それぞれの初代大公の名は？

【解答】
【初級】カメロン
【中級】キタイ
【上級】オル・ダン、タン・ドン、ヴラド・モンゴール

【解説】

ともに大公を亡くすという悲劇に見舞われたユラニアとクムは、長い因縁で結ばれた国でした。ゴーラ帝国に大きな転機が訪れたのは二千年前のことでした。時の宰相《さいしょう》オーランド公爵が強大な権力を握り、ゴーラ皇帝を傀儡《かいらい》化したのです。彼は皇帝位こそ簒奪《さんだつ》しようとはしなかったものの、ゴーラでも肥沃《ひよく》で知られる広大な一帯を自分の領地としました。この領地を大公国として独立させ、初代ユラニア大公となったのが、オーランドの孫に当たるオル・ダンでした。

しだいにゴーラ支配を強化するユラニアに強く反発したのがクムの人々でした。遥か東方のキタイから中原にやってきた移民の末裔《まつえい》であり、親ゴーラ皇帝派であった彼らは、これ以上のユラニアの横暴を許すまじとして立ち上がりました。そして千五百年前、初代クム大公となるタン・ドン公爵がクム大公国の独立を宣言したのです。以後、この両国による二大公国体制が、千数百年続きました。

その体制を終わらせたのが、数十年前のヴラド・モンゴールによるモンゴール大公国建国でした。そしてそれは、ゴーラを襲うさらなる激動の幕開けでした。モンゴール軍師アリストートスによるオル・カン大公暗殺。モンゴール左府《さふ》将軍カメロンによるタリオ大公斬殺《ざんさつ》。モンゴールから起こった大きな波はゴーラ全土を飲み込みつつありました。そしてその波は、やがてモンゴール自身をも飲み込んでいくことになるのです。

【問42】

タリオ大公を討ち果たしたイシュトヴァーンは、一路クムの首都ルーアンを目指して進軍していきました。現われたクム政府軍に対し、イシュトヴァーンは三男タリクをクムに返すことを条件に、自分の軍とともにタルー‐ネリイ軍と戦うよう要求を突きつけました。クムの回答期限は十五日後と定められます。

イシュトヴァーンはその間を利用し、部下を連れてパロのマルガに向かいます。その目的はナリスと会談し、協力を要請することでした。

マルガでナリスと再会を果たしたイシュトヴァーンは、「自分は世界を手に入れたい。自分はゴーラ王になるからあなたはパロ王として迎えてくれ」とナリスに告げたのです。

ナリスはヴァレリウスの猛反対を押し切り、レムス王への謀反《むほん》を決意します。

【初級】イシュトヴァーンと一緒にマルガに向かった部下の名は？
【中級】ナリスは自分とイシュトヴァーンの関係をなんと言った？
【上級】ナリスが別れ際にイシュトヴァーンに渡したものは？

【解答】
【初級】マルコ
【中級】運命共同体
【上級】水晶の六芒星《ろくぼうせい》が浮かんでいるペンダント

【解説】

マルコはかつてはヴァラキア海軍に所属しオルニウス号の副長もつとめた人物でしたが、カメロンとともにモンゴールにやってきました。その後カメロンの指示でイシュトヴァーン付きの騎士となり、その海の男らしい気さくで正直な性格からイシュトヴァーンからも厚い信頼を得るようになりました。

ルーアンからオロイ湖を渡り、マドラを通ってマルガに到着した二人は、ヴァレリウスの導きにより、マルガ近郊の湖に浮かぶ小島に建てられたナリスの別邸で、ナリスと会談を行ないました。

イシュトヴァーンの情熱に心動かされたナリスは、衰弱している自分の体も顧《かえり》みず反逆者としての道を選びます。ナリスはイシュトヴァーンにこれから運命共同体として歩んでいこうと告げました。イシュトヴァーンは一度は自分が裏切ったと思っている相手からのこの言葉にいたく感激し、ナリスの手をつかみなかなか離そうとしませんでした。

別れ際にイシュトヴァーンはナリスに何か身につけているものをと所望《しょもう》します。ナリスはそのとき首にかけていた、水晶の六芒星がなかに浮かんでいる美しいペンダントを渡しました。

のちにイシュトヴァーンが作った王座の上には、この水晶の六芒星に蛇神アルトゥールが巻きついた意匠が掲《かか》げられていました。

【問43】

マルガからの帰り道、イシュトヴァーンとマルコは、ヴァレリウスの力を借りてイシュトヴァーンにまとわりついていた闇魔道師をとらえることに成功します。その魔道師はアリストートスがいざというときにイシュトヴァーンを殺害できるよう張りつかせていた者でした。

闇魔道師からアリストートスの過去の悪行をすべて聞き出したイシュトヴァーンは、彼に対し激烈な怒りを覚えました。

バイアに戻ったイシュトヴァーンは、カメロンとともにタルー＝ネリイ軍討伐《とうばつ》の準備を進めると同時に、アリストートスに気づかれないように密かに裁きの手はずを整えます。

そしてイシュトヴァーンは出兵直前、アリストートスを裁判にかけ、その手で彼を斬り殺したのでした。

【初級】イシュトヴァーンを見張っていた闇魔道師の名前は？
【中級】その闇魔道師の本当の所属は？
【上級】アリストートスの裁判に立ち会った主要な将校はイシュトヴァーンのほか四人。その者たちの名は？

【解答】
【初級】オーノ
【中級】キタイのホータン魔道師ギルド
【上級】左府将軍カメロン、青騎士団マルス伯爵、黒騎士団ランス子爵、情報部隊長ダレン大佐

【解説】

ヴァレリウスによる魔道を使った尋問によって、闇魔道師オーノはアリストートスとの悪行だけでなく、実は自分がホータン魔道師ギルドに属する上級魔道師であり、竜の門より命を受け、モンゴールに潜入したのだと白状します。それを命じたものの名前をあばこうとしたとき、ヴァレリウスの結界が破られそうになりますが、オーノを斬り殺すことで窮地《きゅうち》を脱します。このときヴァレリウスを救ったのはたまたまイシュトヴァーンから預かっていた水晶の六芒星《ろくぼうせい》のペンダントでした。

すべてを知ったイシュトヴァーンによる裁きが始まります。アリストートスがその部屋に入ると、イシュトヴァーン、カメロン、マルス、ランス、ダレンのほかモンゴール遠征軍の隊長以上のメンバーが集められていました。カメロンからの告発《きょうはく》の形で、アリストートスがオーノに命じてイシュトヴァーンに毒を盛ったこと、それはカメロンを脅迫するためであること、赤い街道の盗賊団を虐殺《ぎゃくさつ》したこと、その証人の行方を知るため《煙とパイプ》亭を襲ったことなどがあばかれていきました。

そして何よりイシュトヴァーンの心を揺さぶったのは、彼が弟のようにかわいがっていたリーロをアリストートスが嫉妬《しっと》によって殺してしまったことでした。アリストートスに死刑が宣告され、まずカメロンの剣が彼の喉《のど》を突きます。そして気持ちが収まらないイシュトヴァーンが心臓に剣を突き刺し、アリストートスの妄執《もうしゅう》に取り憑《つ》かれた人生にとどめを刺したのでした。

【問44】

イシュトヴァーンはゴーラ統一の野望に向けてユラニアへの進軍を開始しました。

一方、ナリスとヴァレリウスもレムス国王に反旗を翻《ひるがえ》すための密談を進めていました。

このときはまだ、レムスに憑依《ひょうい》されているものの正体は見きわめられていませんでした。しかし、それを明らかにできたとしても、それとナリスが王位を簒奪《さんだつ》する理由を正当化するのとは別の話です。また黒竜戦役《こくりゅうせんえき》でパロを踏みにじったモンゴールの将軍と密約を結んでいるということも明らかにはできません。反乱に向けてどうやって賛同者を増やしていくか、ナリスの冷徹な提案はヴァレリウスを動揺させるものばかりでした。しかし、ナリスを選んでしまったヴァレリウスにあらがうすべはありませんでした。

そして二人はある指輪を手にします。

それは引き返すことの出来ない道を選んだ二人に必要なものでした。


【初級】その指輪の中には、どのようなものが入れられていたでしょう？

【中級】ナリスが手にした指輪に意匠《いしょう》として彫《ほ》られていた復讐の女神の名は？

【上級】ではヴァレリウスが手にした指輪に彫られていたものは？

【解答】
【初級】自殺用の毒
【中級】ゾルード
【上級】死の女神ドーリア

【解説】

二人が手にした指輪は、青い美しい貴石をこまかに彫刻して、あでやかな女神の像がその小さな石に彫りこまれている、美しい銀の指輪でした。

しかしそこに彫り込まれていた女神のうち、一柱《ひとはしら》はヤーンの娘で、不和の女神エリス、嫉妬《しっと》の女神ティアとの三姉妹の一人である復讐の女神ゾルード、もう一柱は悪魔神ドールの妻とも妹とも娘ともいわれる死の女神ドーリアでした。そしてその指輪には細工がほどこしてあり、女神の翼を右に二回、左に三回動かすと開くようになっていました。中には緑色の凶々《まがまが》しい粘着物が入っており、それはそれだけで五百人もの殺傷《さっしょう》能力を持つというゾルーガ蛇の毒でした。

その毒は、体に斑点《はんてん》が出て腐《くさ》っていくような毒ではなく、亡くなったあとでも変わらない姿でいられるという特徴を持っていました。ナリスの姿を死後も美しいままに保つため、ヴァレリウスがそれを選んだのです。

この指輪を持つこと、それはつまり二人が今後の運命をともにすることを誓ったことの証《あかし》でした。つまりこれは二人の魂の『結婚式』ともいえる儀式だったのです。

【問45】

数にまさるネリイ率いるユラニア軍に、イシュトヴァーン軍は奇襲で立ち向かい、見事ネリイを打ち倒しました。

ユラニアの首都アルセイスに乗り込んだイシュトヴァーンは新たなる支配者として疲弊《ひへい》しきっていたこの国の統治を開始します。

そんなイシュトヴァーンのところへ、モンゴールを出てからいっこうに連絡をよこさない彼に対して業を煮やしたアムネリスがやってきます。そして彼に自身の懐妊《かいにん》を告げたのです。突然の告白にイシュトヴァーンは激しく動揺しました。

そのころ、アルセイスの街のそこかしこに予言者が現われ、イシュトヴァーン将軍こそがゴーラ三国の正当なる支配者であり、それを証明する出来事が起こるとふれ回りました。

そして、予言されたその日の正午、怪異が起こります。

【初級】怪異が起こった時、空一面に広がったのは誰の顔？

【中級】怪異の最後に、イシュトヴァーンに向かって空から飛んできたものとは？

【上級】その怪異が起こった日にちは？

【解答】
【初級】故ゴーラ皇帝サウル
【中級】光の王冠
【上級】紫の月　魚の十日

【解説】

紫の月、魚の十日、正午の鐘が鳴り渡るとともににわかに空が暗くなり、大空一面にサウル皇帝の顔が現われました。サウル皇帝は呆然《ぼうぜん》と見上げるアルセイスの民衆に向かって語りかけます。

「ゴーラは復活し、新たなる試練と栄光の時を迎えるであろう！――ゴーラの新しき時代。それは《彼》とともにあり！――《彼》こそわがサウル皇帝、そしてヤーンのさだめたる唯一正当なる、ゴーラの継承者である！――ゴーラ王イシュトヴァーン！　ゴーラをイシュトヴァーンの帝国にせよ！」と。

イシュトヴァーンとしては、これが何者かによる魔道の仕業《しわざ》であることは見抜いていましたが、それが誰によるものなのかは判断しかねていました。そして彼の心の中ではこの茶番のような魔道を苦々しく思うと同時に、これを利用しない手はないとの複雑な思いがせめぎ合っていました。

「ゴーラの帝王イシュトヴァーン！　ゴーラの象徴《しょうちょう》なる、王冠《しおうかん》を受け取るがよい！」サウルの言葉が響くと、彼の額にいただいていた黄金の王冠がその頭から持ち上がり、光の王冠となってイシュトヴァーンのいる王宮のバルコニーに飛んできました。そしてゴラン僧正《そうじょう》の手を経由し呆然としているイシュトヴァーンの額にぴたりとおさまりました。

ゴーラの僭王《せんおう》イシュトヴァーンが誕生した瞬間でした。

【問46】

その頃、マルガで療養《りょうよう》生活を送るナリスのもとを、ひそかに黒太子スカールが訪れていました。それはキタイの魔の手からパロを、そして中原を守るため、ついにレムスへの反乱を決意したナリスのたっての希望によるものでした。

これまでにないほどに率直に、キタイの脅威《きょうい》のこと、そして自分の心に秘めた思いについて語るナリスの言葉は、スカールの心を強く打つものでした。このナリスの真っ直ぐな言葉にスカールも真っ直ぐに向き合い、これまで誰にも明かしてこなかった、ノスフェラスの秘密をナリスに語ったのです。

長く驚くべき話を聞き終えたナリスは、スカールに反乱への助成を求めました。イシュトヴァーンと密約を結んだというナリスの言葉に、イシュトヴァーンを仇敵《きゅうてき》と狙うスカールはいったんは助成を断りますが、最後にはナリスの思いに一度だけ、応えることを約束しました。

そしてナリスはクリスタルへと戻り、パロ内乱へ向けた秒読みが始まりました。

【初級】ナリスの命を受けて、草原にスカールを迎えに行ったのは誰？

【中級】この時、スカールはノスフェラスで失った健康を回復していました。彼に治療をほどこしたのは誰？

【上級】スカールがひそかにマルガを訪問した際に使った方法とは？

【解答】

【初級】リギア

【中級】グラチウス

【上級】ヨウィスの旅芸人の一座に紛れ込んだ。

【解説】

ナリスの密命を受けたリギアがスカールと再会を果たしたのは、草原のトーラ・オアシスでのことでした。獰猛《どうもう》、狷介《けんかい》で知られる草原の小部族ムラートの男たちに襲われたリギアを、どこからともなく現われたスカールが救い出したのです。それはノスフェラスからの帰途、スカールがパロで療養していた時以来の再会でしたが、その時とは別人のようにスカールはすっかり健康を回復していました。

もはや死を待つばかりと誰もが思っていたスカールの健康を、リギアと愛を交わせるほどに回復させたのは、ある日突然ふらりとスカールを訪ねてきた一人の「名医」でした。自ら〈闇の司祭〉グラチウスと名乗った彼は、ノスフェラスの蠱毒《こどく》を抜くと称した治療をほどこし、見事に成功したのです。しかし、それはただのほどこしではなく、ある思惑《おもわく》があってのことでした。治療が終わるとグラチウスは、治療代がわりとして、スカールにノスフェラスの秘密を明かすようにせまったのです。しかしスカールは頑《がん》として、彼にノスフェラスの秘密を明かすことはありませんでした。

リギアとともにマルガに向かったスカールは、ヴァレリウスの案に従い、ヨウィスの旅芸人の一座に潜り込みました。ヨウィスの民とは、定住することなく各地を放浪して暮らす部族のことで、音楽や舞踏、占いや曲芸に秀でていることで知られています。彼らのマルガ訪問は、離宮の人々を大いに楽しませましたが、その一座にスカールが加わっていたことを知るものはほとんどいませんでした。

【問47】

長い冒険を終えたグインが、ついに中原に帰ってきました。シルヴィアとマリウスをともなって帰ってきたグインが、まず向かったのはトーラスの《煙とパイプ》亭でした。それは、マリウスを家族のもとに届けるため、ケイロニア皇女オクタヴィアの安否を確かめるため、そして何年も前に友と交わした大事な約束を果たすための訪問だったのです。

風雲急を告げるゴーラ情勢に、このままオクタヴィアたちをトーラスに置いておいては危ないと判断したグインは、マリウス一家をともなってケイロニアを目指します。途中、彼ら一行を迎えに来ていたケイロニア軍とともにサイロン入りしたグインは、民衆からの熱烈な歓呼の中、敬愛する皇帝アキレウスとひさびさの対面を果たしました。

まもなく、グインと皇女シルヴィアの結婚式が行なわれ、グインはケイロニア王として実質的なケイロニアの統治者となりました。しかし、シルヴィアとのあまやかな日々は、それほど長くは続かなかったのです。

【初級】グインが《煙とパイプ》亭で果たした約束。その約束を交わした友とは誰？
【中級】ケイロニアで皇女の夫となったマリウスに与えられた爵位は？
【上級】ケイロニアにケイロニア王が誕生したのは何年ぶりのこと？

【解答】
【初級】トーラスのオロ
【中級】ササイドン伯爵
【上級】二百二十六年ぶり

【解説】

グインにとって《煙とパイプ》亭という店は、いまだ訪れたことがないながらも、特別な店でした。ルードの森で意識を取り戻してまもなく、スタフォロス砦《とりで》にとらえられた彼の命を二度にわたって救い、彼にとっては最初の友ともいうべき存在となったモンゴールの戦士オロが、その最期にグインに託したのが、トーラスで《煙とパイプ》亭を営む父ゴダロへの伝言だったのです。

「もしあんたが、トーラスで助けが必要になったら、トーラスの下町で《煙とパイプ》亭をいとなんでいる、ゴダロのところへゆくといい。おれのおやじだ。よい人間だし、むすこの死に方を知りたいだろう――ちゃんと、俺は戦士として、セムの猿どもと戦って死んだと伝えてくれ」というオロの伝言が、グインの手によって父ゴダロと母オリーのもとに届けられたこの場面は、グイン・サーガの中でも読者の涙を誘わずにはおかない、屈指の名場面であるといえるでしょう。

二百二十六年ぶりに復活してグインに与えられたケイロニア王という地位は、万世一系《ばんせいいっけい》を是《ぜ》とするケイロニア皇帝家にとって、外様《とざま》であるグインを皇帝にすることはできないために取られた、いわば苦肉の策でもありました。そして苦肉の策といえば、マリウスに与えられたササイドン伯爵という爵位もそうであったといえるでしょう。パロ聖王家の血筋を明らかにせず、しかも皇女の夫としてふさわしい体《てい》裁《さい》を整えるためには、ケイロニアとしてはこのようにするしか手立てはなかったのです。

【問48】

ついにゴーラの王となったイシュトヴァーンを衝撃が襲ったのは、ちょうどその頃のことでした。イシュトヴァーンのゴーラ王即位承認に向けて動いていたモンゴールが、突如として彼に重大な裏切りの疑いありとして態度を急変させ、イシュトヴァーンを裁判の被告人としてトーラスへと召喚《しょうかん》したのです。

イシュトヴァーンに突きつけられたのは、かつて彼がノスフェラスでモンゴール軍を裏切ったという告発でした。それは確かに真実ではありました。それでも裁判は、カメロンの弁護の冴《さ》えもあり、イシュトヴァーン有利に進みました。しかし、思わぬ怪異がイシュトヴァーンの激しい動揺を誘い、彼は自ら罪を認めてしまいました。瞬《また》く間に混乱に陥った金蠍宮《きんけつきゅう》を、ひそかに待機していたゴーラ軍が急襲し、イシュトヴァーンを救出するとともにトーラスを制圧しました。

アムネリスはとらえられ、ゴーラに移送されました。こうして再びモンゴールは他国の軛《くびき》のもとにつながれることとなったのです。

【初級】サイデン宰相《さいしょう》に憑依《ひょうい》し、イシュトヴァーンの悪行について証言した亡霊は誰？
【中級】イシュトヴァーンを告発した元白騎士隊長フェルドリックの長女の名は？
【上級】やはり裁判で証言を行なった魔道師ガユスが所属するギルドの名は？

【解答】
【初級】アリストートス
【中級】アリサ・フェルドリック
【上級】魔道士派遣ギルド

【解説】

元白騎士隊長フェルドリック・ソロンによる告発の内容は、あまりにもあいまいなもので、弁舌鋭いカメロンの追及の前では、その信憑性《しんぴょうせい》はあっけなくかすんでしまうほどのものでした。しかしイシュトヴァーン有利に見えた裁判の形勢は、サイデン宰相の証言をきっかけに逆転していきました。

この時、サイデンにはアリストートスの亡霊が憑依していました。その口が語ったのは、これまでイシュトヴァーンが行なってきた悪行の数々でした。それは虚実入り交じったものではありましたが、それでもイシュトヴァーンの動揺を誘うには充分な、誰も知らないはずの真実を含んでいました。

そしてとどめを刺したのが魔道士ガユスの証言でした。かつて自由国境地帯にある魔道士派遣ギルドからモンゴールに軍師として雇われ、ノスフェラス遠征にも参加していたガユスは「死びと返しの術」により、マルス伯の網膜《もうまく》に焼きついたイシュトヴァーンの顔を確認していたのです。その証言がとどめとなり、ついに自制心が崩れたイシュトヴァーンは、自ら罪を告白してしまいました。

その後の混乱が収まり、トーラスが鎮圧されたあと、イシュトヴァーンに刃《やいば》を向けたのが、混乱の中で命を落としたフェルドリックの娘、アリサ・フェルドリックでした。しかし、殺生《せっしょう》を禁じるミロク教徒であった彼女は、その行為をひどく恥じました。そしてイシュトヴァーンの中に深い苦悩を見てとった彼女は、彼の心を救うために、それ以後、父の仇《かたき》である彼のそばにいることを選んだのです。

【問49】

ナリスとヴァレリウスが決起の日を決めた頃、クリスタルを未曾有《みぞう》の大嵐が襲いました。次々と拡大する被害に宰相《さいしょう》として対応に追われていたヴァレリウス。しかし、その嵐はレムスに憑依《ひょうい》したキタイの竜王が、その強大な魔道を駆使して起こした罠でした。レムス側はすでにナリスの反乱の動きを察知していたのです。

嵐の混乱に乗じて、リンダとヴァレリウスがレムス側にとらえられ、ナリスの暮らす離宮にも兵がせまりました。しかし、いちはやくランズベール城に移動して難を逃れていたナリスは籠城《ろうじょう》を決意、予定を早めて反乱を宣言し、ついにパロを二分する内乱が始まりました。

レムス軍との攻防が続く中、ランズベール広場とアルカンドロス広場に集まった民衆に、ナリスは聖王位の請求を高らかに宣言します。その言葉に熱狂する市民たちを、突如として現われた竜頭人身の不気味な竜騎兵が襲いました。そしてクリスタルは瞬《また》く間に恐怖の波に飲み込まれていったのです。

【初級】レムスに憑依したキタイの竜王の名は？

【中級】クリスタル・パレス内にある、ナリスが居住する離宮の名称は？

【上級】ナリスとヴァレリウスが反乱の決起を予定していたのは、何月何日だったでしょう？

【解答】
【初級】ヤンダル・ゾッグ
【中級】カリナエ小宮殿
【上級】茶の月　ルアーの日

【解説】

レムスを介してパロ、そして中原の支配をもくろんだキタイの竜王ヤンダル・ゾッグは、竜頭人身の異形《いぎょう》を持ち、魔道王と呼ばれて怖れられています。二十年ほど前、キタイの首都ホータンを襲った大地震とともに突如として出現した彼は、当時のキタイの王カン・チェン・ルアンを狂死させ、その王位を簒奪《さんだつ》しました。以後、冷酷にして残忍な「血の粛清《しゅくせい》」を行ない、徹底した恐怖政治を敷くようになりました。その正体は、遠い惑星からやってきたインガルスの竜人族の末裔《まつえい》であるといわれ、その血にまみれた恐怖政治も、パロへの侵略も、根底にはその種族としての悲願がかかわっています。

そのヤンダル・ゾッグの手から危ういところで逃れたナリスが、それまで療養《りょうよう》の日々を送っていたのが、クリスタル・パレスの中心から、やや西に離れたところにあるカリナエ宮です。白大理石と水晶をふんだんに用いたカナン様式のこの宮殿は、典雅《てんが》なパレスにあっても最も優雅で洗練された建物として知られていました。しかしこれ以後、このカリナエ宮にナリスが戻ることはありませんでした。

ここで暦《こよみ》について説明しましょう。この世界の一年は十カ月、一カ月は九日を一旬とする四旬《じゅん》、三十六日となっています。月名は新年から順に白、赤、緑、紫、橙、黄、茶、青、灰、黒と色の名がつけられ、旬には順にヤーン、ルアー、イラナ、イリスと神の名がつけられています。ナリスが決起を決めた茶の月ルアーの日とは、季節では秋口にあたる茶の月のルアー旬の初日を意味しています。

【問50】

塔の地下牢に監禁され、激しい拷問《ごうもん》を受けていたヴァレリウスを救ったのは、白魔道師である彼にとっては仇敵《きゅうてき》であるはずの〈闇の司祭〉グラチウスでした。彼の力を借りて竜王の強力な結界を破り、脱出に成功したヴァレリウスの目に映ったのは、あまりにも凶々《まがまが》しい結界に覆《おお》われたクリスタル・パレスの姿でした。

竜王の手から救出した見返りとして、グラチウスはヴァレリウスにある頼みごとをしました。やむをえず、その頼みを受けることとなったヴァレリウスは、いったんナリスのもとへ戻り、竜王の版図《はんと》と化したパレスを脱出して神殿都市ジェニュアへ向かうよう提言すると、そのままルードの森へと向かいました。

ヴァレリウスの進言に従い、ナリスはランズベール城を捨て、ジェニュアへと脱出を図りました。激しい戦闘の末、幾多《いくた》の犠牲を払いながらも、ナリスはどうにか脱出に成功します。そしてその頃ヴァレリウスは、ノスフェラスの奥地へと向かっていました。

【初級】グラチウスがヴァレリウスに頼んだこととは何？
【中級】この時、ヴァレリウスがルードの森で出会った魔道師は？
【上級】クリスタル・パレスでヴァレリウスが監禁されていたのは、何という塔の地下牢だった？

【解答】
【初級】大導師アグリッパを探し当てること。
【中級】イェライシャ
【上級】ヤーンの塔

【解説】
ヴァレリウスが監禁されていたヤーンの塔とは、クリスタル・パレス中央部の北西端にそびえる地上七階、地下三階の塔です。パレス中央部にある七つの塔の中では、中央のヤヌスの塔と並ぶ重要な塔であるとされており、裏手には神話と世界を模したヤーン庭園が、正面にはパレス最大の美しいクリスタル庭園が広がっています。

そのヤーンの塔からヴァレリウスを救ったグラチウスが、ナリスを守ることを条件としてヴァレリウスに探索を依頼したアグリッパとは、地上最大の魔道師を自称するグラチウスでさえも怖れる伝説の大魔道師です。もはや隠遁《いんとん》して長く、生死すらも定かではない魔道師ですが、グラチウスはこの時、このヤンダル・ゾッグのパロ侵略の影に、アグリッパの存在を疑っていました。しかしグラチウスは過去の経緯からアグリッパをひどく怖れており、ヴァレリウスにその探索を依頼したのです。

しかし、平凡な魔道師に過ぎないヴァレリウスにアグリッパを探し出せるはずもありませんでした。その彼に救いの手を差し伸べたのが、ルードの森の結界で暮らしていたイェライシャです。そして、イェライシャの強力な魔道に守られて、アグリッパの結界へと向かったヴァレリウスの胸には、ある希望と決意が生まれていました。それはヤンダル・ゾッグとの戦いのために、大導師アグリッパの助力を得ようというものだったのです。

【問51】

ヴァレリウスの必死の呼びかけに、ついに応えた伝説の大導師アグリッパ。しかし、その存在の大きさは衝撃的なものでした。魔道の高みをきわめたアグリッパは、もはや地上にその身を置くことさえできない、巨大なエネルギーを持つ精神生命体に変貌《へんぼう》していたのです。

イェライシャの助力を受けてヴァレリウスが招き入れられたアグリッパの結界は、茫漠《ぼうばく》とした一個の惑星そのものでした。そして不思議な星兎《ほしうさぎ》に導かれた先にいたアグリッパの姿もまた、驚くべきものでした。

そんなアグリッパにとって、もはや地上の事象などは関心の対象外のことでした。《調整者》、《超越者》など、アグリッパが語る言葉はヴァレリウスの理解を遥かに超えており、もはやアグリッパに自分の思いが届くことなどないことをヴァレリウスに痛感させるものとなったのです。悄然《しょうぜん》として地上に戻ったヴァレリウスを慰《なぐさ》めるように、イェライシャが助力を申し出てくれました。

【初級】アグリッパの話にも登場した、パロ建国に深く関わった天才科学者といえば？
【中級】自身の結界の中で、アグリッパはどのような姿を取っていたでしょう？
【上級】アグリッパの結界で、ヴァレリウスとイェライシャの案内役を務めた星兎の名は？

【解答】

【初級】アレクサンドロス

【中級】地上に刻まれた巨大な顔

【上級】サイカ

【解説】

その登場から三千年を経てなお、史上最高の科学者と謳《うた》われるアレクサンドロスは、赤い街道の整備やさまざまな法の制定、クリスタル・パレスの設計など、現在の中原文明の基盤を作り上げた人物でもあります。その出自《しゅつじ》は謎に包まれ、伝説では自分の名以外のすべての記憶を失って、クリスタルのヤーン神殿の階段に腰掛けているところを発見されたのだといいます。そしてその頭部は動物のそれに近かったとも。アグリッパの推測によれば、大宇宙の秩序を守る種族《調整者》が地上に遣《つか》わした使者であるというアレクサンドロス。その伝説はグインの出自をうかがわせるものでもあるのです。

そのアグリッパの姿は、年齢を経れば経るほど人間からかけ離れた存在となっていく魔道師としても、あまりにも異様なものでした。広大な砂漠に刻まれた渓谷のような口、高山のごとき鼻、急峻《きゅうしゅん》な崖のごとき顎《あご》。湖のごとく光を映す双眸《そうぼう》。地上から見れば奇怪な地形としかみえぬその顔の目が動き、口が言葉を語るさまはヴァレリウスとイェライシャを絶句させるほどの異様さでした。その年齢三千歳、カナンの時代に生まれたというアグリッパは、まさしく生きている神話であったのです。

その結界の案内役を務めた星兎のサイカは、半分透き通った体と長い耳を持つ、兎と人のあいのこのような、アグリッパが作り出した半生物でした。長い耳を翼のように使って空を飛び、人の言葉を話す、この不思議な生物もまた、アグリッパの魔道の力の大きさを示す存在でありました。

【問52】

ジェニュアに立てこもったナリスに対し、レムスは追討《ついとう》軍を派遣《はけん》しました。それに対しナリスは、母ラーナ大公妃を囮《おとり》に使ってジェニュアからの脱出に成功しました。しかしレムス軍の追撃は激しく、両軍はついにアレスの丘で激突し、激しい戦闘が始まります。ナリスは不自由な体ながらも自ら陣頭に立ち、義勇軍を鼓舞《こぶ》して奮闘を見せますが、兵力の差はいかんともしがたく、しだいにナリス軍は追いつめられていきました。

その頃クリスタル・パレスでは、リンダがレムスの息子と対面していました。その恐るべき姿に戦慄《りつせん》したリンダを、ヤンダル・ゾッグは魔道の力により、ナリスがレムス軍と戦う戦場の遥か上空へと連れていきました。

上空からリンダが見つめる前で、ナリス軍の戦況は急速に悪化していきました。ナリスを乗せた馬車はしだいに孤立し、もはや降伏はまぬがれないかと思われました。その時、戦場に「ナリス自害」を告げる声が響き渡ったのです。

【初級】リンダと対面したレムスの息子の名は？
【中級】この時、レムスの息子はどんな姿をしていた？
【上級】レムスが派遣したナリス追討軍の総司令官は誰？

【解答】
【初級】アモン
【中級】渦巻き状の瘴気《しょうき》に囲まれた一つ目
【上級】ベック公ファーン

【解説】
聖王レムスと王妃アルミナの長男アモン、この惑星の中心部に巣くう巨大な竜の名を持つこの「赤ん坊」は、その名が暗示する通りに、竜頭人身のヤンダル・ゾッグがアルミナの胎内に植えつけた、人ならざるものでした。その正体は、かつてレムスに憑依《ひょうい》した魔道師カル＝モルの霊がもたらした「ノスフェラスの種子」、すなわちグル＝ヌーに渦巻く怨念《おんねん》と瘴気が凝《こ》り固まった精神生命体でした。

誕生前からレムスの精神を支配し、アルミナの正気を奪っていったこの怪物は、生まれた時にはまだ確固たる形を持たず、リンダが目にしたような、渦巻く瘴気を身にまとった一つ目としか言いようのないものでした。しかしこののち、アモンはクリスタル・パレスの人々を食糧とし、それを文字通り自分の血肉として、数カ月間で純粋たる悪に満ちた美少年へと成長していきます。そしてヤンダル・ゾッグをも上回る強力な魔力をもって、グインの前に立ちはだかる最大の敵となっていくのです。

レムスとナリスの対立が深まるパロにとって、最大の希望ともいうべき存在がもう一人の王族ベック公ファーンでした。温厚、実直な性格で信望を集めるファーンは、この状況を憂慮《ゆうりょ》してナリスとレムスの両陣営を訪れ、和平に向けて奔走《ほんそう》していました。しかし、しばらくの沈黙ののち、レムス軍の総大将として姿を現わしたファーンからは、その温厚さが失われていました。この時、すでにファーンの精神は、恐るべきヤンダル・ゾッグの魔道によってむしばまれ始めていたのでした。

【問53】

スカール率いるアルゴス義勇軍、そしてサラミス軍がナリスの援軍として駆けつけたのは、ナリス自害が告げられた直後でした。両軍の活躍によりレムス軍は撤退し、またナリスの死を理由として停戦に合意しました。

しかしナリスの死は、窮地《きゅうち》を脱するための偽《いつわ》りの死でした。敵だけでなく、味方をも欺《あざむ》いたその行為にスカールは激怒し、またリギアは衝撃を受け、ともにナリス軍と決別してしまいます。

そのことも知らぬままに魔道の薬で長い眠りについたナリスを連れ、ナリス軍はマルガを目指しました。途中、ナリスの死を疑うヤンダル・ゾッグによる執拗《しつよう》な攻撃も、ノスフェラスから戻ったヴァレリウスらの活躍により退《しりぞ》け、ナリスはようやくマルガへとたどりつきました。

魔道の眠りから覚めたナリスは、自らが正当なパロ聖王であるとして即位を宣言しました。ここにパロを二分する、そして全中原を巻き込む内乱が本格的に幕を開けたのです。

【初級】ナリスに佯死《ようし》の術をほどこした魔道師は誰？
【中級】イーラ湖でヤンダル・ゾッグが呼び出した水妖《すいよう》と闘ったヴァレリウスに、それを倒すヒントを与えた魔道師は誰？
【上級】そのヒントとは、どんなヒントだった？

【解答】
【初級】イェライシャ
【中級】グラチウス
【上級】「アエリウスの神話を思い出すんだ！」

【解説】

佯死の術として有名なのは「ティオベの秘薬」と呼ばれる薬を用いた術です。この薬を服用した人間は、一見死んだように見えるものの、二日以内に解毒剤《げどくざい》を服用すれば、後遺症《こういしょう》を残すことなく生き返るとされています。しかし、この時イェライシャがほどこした秘術は、さらに強力な、魔道師にも簡単には見破れないような秘術中の秘術でした。ただし、その秘術はあまりに強力であったために、イェライシャの精神にとっても、ナリスの肉体にとっても少なからぬダメージを残すものでした。

そのイェライシャの術をしても、そう簡単にはヤンダル・ゾッグを欺《あざむ》くことはできませんでした。ナリスの「遺体」を求めるヤンダル・ゾッグの攻撃でも最大のものとなったのが、イーラ湖上での水妖ワンゴスによる攻撃でした。そして、単身で水妖と闘うヴァレリウスが窮地におちいった時、その頭の中に響いてきたのがグラチウスの「アエリウスの神話」という一言だったのです。

アエリウスとは伝説の船乗りで、この世の果てカリンクトゥムや死の国ドールニアなどを冒険したとされています。その最も有名な冒険が、魔の海トゥールゴルスでの生命ある藻《も》との闘いで、この時アエリウスは藻に火を放って焼き払い、幻の姫イレーニアを救出したのでした。グラチウスのヒントによってこの神話のことを思い出したヴァレリウスは、最後の力を振り絞って両手から熱線を放ち、水妖を焼き払って危地を脱出したのでした。

【問54】

パロで起こった激変の波紋は、ついに中原各国にも及びました。ナリスとひそかな盟約を結んでいたイシュトヴァーンがいちはやく反応したのに続き、ケイロニアも他国内政不干渉の原則をついに破り、グイン自ら大軍を率いてパロへと向かったのです。

自由国境地帯をパロに向けて進むイシュトヴァーン軍を突如として謎の軍隊が襲ったのはサンガラ山中でのことでした。恨《うら》みに燃える指揮官が率いるその軍隊をイシュトヴァーンはなんなく退《しりぞ》けましたが、それをきっかけとしたかのように、イシュトヴァーンを怪異が襲います。目撃された謎の傭兵《ようへい》たち。イシュトヴァーンを誘うかのように攻撃と撤退とを繰り返す、新たな謎の軍隊。竜頭人身の奇怪な竜騎兵たち。そしてパロに入ったイシュトヴァーン軍とグイン率いる精鋭部隊との一瞬の邂逅《かいこう》。

果たして自分を待ち受けているものは何なのか。しかとはわからぬままにイシュトヴァーンはパロの戦いへと身を投じていきました。

【初級】イシュトヴァーン軍とすれ違った、グイン率いる精鋭部隊の名は？
【中級】サンガラ山中でイシュトヴァーンを襲った謎の軍隊を率いていたのは？
【上級】その軍隊の傭兵が雇われたのは、自由国境地帯の何という町？

【解答】
【初級】竜の歯部隊
【中級】タルー
【上級】イレーン

【解説】

《竜の歯部隊》とは、グインが黒竜将軍であった時代に新設した、グインに直属する精鋭部隊です。この部隊は正規隊員千人と予備隊員千人からなり、諜報《ちょうほう》活動などの特殊任務もこなす、世界最強を謳《うた》われるケイロニア軍の中でも精鋭中の精鋭として知られています。その名はハイナム第一王朝の祖、竜の血を引くといわれる竜王ナーガ一世が竜の歯を地面になげたところ、世界最強の軍勢が生まれたという故事にちなんでおり、そのため部隊の旗印にはハイナムの水竜が象《かたど》られています。

その《竜の歯部隊》との衝突をあわやのところで回避したイシュトヴァーン軍を、その直前、サンガラ山中で襲ったのは、ユラニア滅亡後に行方不明となっていたクムの公子タルーでした。かつてイシュトヴァーンとの戦いに敗《やぶ》れ、妻ネリイを失い、自分の軍勢のほとんども失ったタルーは、イシュトヴァーンへの復讐心だけを燃やしながら、長らくサンガラ山中の小村ナラに潜伏《せんぷく》していました。

奇怪な老人がタルーのもとを訪れてきたのは、そんな折りでした。魔道師を思わせる風貌《ふうぼう》のその老人は、サンガラ山地の南にある自由国境地帯の町イレーンに、タルーのための軍勢が用意してあると告げました。そしてそこには確かに五千の軍勢がタルーを待っていたのです。

千載一遇《せんざいいちぐう》のチャンスを得たタルーは、この軍勢でイシュトヴァーン軍に奇襲をかけました。しかし復讐はならず、とらえられたタルーはイシュトヴァーンの手によって斬られ、その生涯を終えました。

【問55】

ワルスタット城でナリス、レムス両陣営からの使者の訪問を受けたグインは、まずはレムスとの会談を決意しました。

ひっそりとした小村を舞台に行なわれた会談でグインは、ついにレムス、そしてヤンダル・ゾッグと直接の対面を果たしました。対決姿勢を強めるグインを、レムスは不敵にもクリスタル・パレスへと誘いました。文字通り魔都と化したパレス、人間にはあり得ない速度で妖しい美少年へと成長をとげたアモン、そして魔道の深い眠りについたままのリンダの姿にグインは戦慄《せんりつ》しました。

しかし、グインの力はここでも奇跡を起こしました。グインの到着を待っていたかのように深い眠りからリンダが目覚めたのです。グインはリンダを連れ、この魔都からの脱出を図りました。襲いかかるゾンビーの軍隊。倉庫に眠る《ノスフェラスの種子》。さまざまな怪異を脱したあとに待っていたもう一つの奇跡。その奇跡に導かれ、グインとリンダは脱出を果たしたのです。


【初級】グインとリンダは、どのような方法でクリスタル・パレスを脱出したでしょう?

【中級】クリスタル・パレスでグインを襲った軍隊を率いていたゾンビーは誰?

【上級】グインがレムスと会談したのは何という町?

【解答】
【初級】古代機械を使って自分たちを転送した。
【中級】リーナス
【上級】北アルム

【解説】

レムスの言葉によれば、グインがレムスと会談した北アルムの町とは、パロの北の国境に近いシュクの南に位置する、地図にも載っていない小さな寒村です。しかし、グインとの会談に向けて建設したとレムスが語る宮殿は、とてもこのような寒村に短期間で建てたとは思えないほど豪華なもので、そこにヤンダル・ゾッグの巨大な魔道の力がかかわっていることは明らかでした。どうやら宮殿だけではなく、この北アルムの町そのものが、魔道によって生み出された幻の町であったようです。

そのグインがリンダを連れてパレスを脱出しようとした時に、彼らを襲った軍隊を率いていたリーナスは、かつて何者かに毒殺されたにもかかわらず、ヤンダル・ゾッグの魔道によって復活させられ、ゾンビーと化していました。しかし、その体は死体そのもののようにくずれかけており、もはや生者でないことは見た目からも明らかでした。それがすでに魔の者であったことを証《あか》すかのように、リーナスをゾンビーとしての呪われた生から解放したのは、グインがあやつる魔剣であったのです。

最終的にグインとリンダをパレスから脱出させた古代機械は本来、パロ聖王家の王族の中で、機械自身が《マスター》と認めた者、すなわちナリス自身か、ナリスの許可を得た者しか操作できないはずでした。しかし機械はグインを当然のように受け入れ、その命ずるままにグインとリンダを転送しました。

そしてこのことがのちに、グインと中原の運命を大きく左右することになるのです。

【問56】

イシュトヴァーン軍の参戦により、戦況はナリス軍に有利に傾き始めます。激しい戦闘が繰り広げられていたダーナムからレムス軍は撤退、イシュトヴァーンはナリスの待つマルガへと向かいました。しかし、イシュトヴァーンのもとにナリスからの連絡は来ず、しだいにイシュトヴァーンの心を不安が覆《おお》っていきました。そして、その不安を酒でまぎらわしていた夜、イシュトヴァーンをスカール軍が襲いました。

完全に不意を突かれたイシュトヴァーンはスカールとの一騎打ちに敗《やぶ》れ、あわやというところで川に身を投じて命を長らえました。しかし、一人になったイシュトヴァーンを待っていたのは卑劣な魔道の罠だったのです。

まもなくしてゴーラ軍に戻ったイシュトヴァーンの心を支配していたのは、憎悪にも似たナリスへの執着心でした。イシュトヴァーンはマルガに奇襲をかけ、マルガはあっけなく陥落《かんらく》しました。そしてイシュトヴァーンはナリスを捕虜《ほりょ》としたのです。

【初級】イシュトヴァーンに魔道を使い、ナリスへの執着心を植えつけたのは誰？
【中級】その際に使った魔道とは、どんな魔道でしょう？
【上級】イシュトヴァーンがマルガに奇襲をかけようとしていることを、その直前にナリスに伝えたのは誰？

【解答】
【初級】ヤンダル・ゾッグ
【中級】後催眠の術
【上級】マリウスとリギア

【解説】

スカールの奇襲による危地から逃れたイシュトヴァーンの前に現われたのは、怪物に乗った聖王レムスでした。しかし、それがレムスでないことは、魔道の力を持たないイシュトヴァーンの目にも明らかでした。それはもちろん、レムスの姿を借りた竜王ヤンダル・ゾッグだったのです。

ナリスに対して芽生えていた不安につけいるかのように、ヤンダル・ゾッグはイシュトヴァーンに後催眠の術をかけ、ナリスを拉致《らち》するように命じました。この後催眠の術とは、相手に強い暗示をかけたのちに、あるキーワードなどを与えることによって、術にかけられているとは気づかない相手を術者の意のままに行動するように仕向ける術です。これを無理に解除しようとすれば、精神を破壊してしまいかねない恐ろしい術ですが、それでもイシュトヴァーンにかけられたのがさらに恐ろしいゾンビーの術などではなく、この術であったことが不幸中の幸いではあったかも知れません。

心をあやつられたイシュトヴァーンの奇襲を偶然に察知し、それをナリスに伝えたのは、ナリスの偽《いつわ》りの「死」に動揺するあまりにサイロンを飛び出していたマリウスと、やはりその「死」をきっかけにナリス軍を離れていたリギアでした。そしてマリウスにとっては、これが決別していた兄ナリスとの再会を果たす最後のチャンスでもありました。しかしマリウスの心の弱さから、その最後のチャンスは彼の手をすり抜けて去ってしまい、ついに兄弟は再会を果たすことはかなわなかったのです。

【問57】

幽閉されたゴーラ王妃アムネリスが男児を出産したのは、ちょうどその頃のことでした。薄暗い塔の一室で誰の手も借りぬままに出産を終えたアムネリスは、我が子にドリアンという名を与えると、夫イシュトヴァーンへの憎悪を胸に抱いたままに短剣で自分の胸を突き、自らの命を絶ちました。

アムネリス死去の報《しら》せがパロに届いた頃、マルガではグインとイシュトヴァーン、両雄のにらみ合いが続いていました。マルガを占領したイシュトヴァーン軍に対し、世界最強のケイロニア騎士団を率いて迫り、ナリスの解放と和平を求めるグイン。しかし、魔道に心狂わせたイシュトヴァーンはそれを断固拒否しました。

そして、ついにグインは自ら軍を率いてイシュトヴァーン軍に襲いかかりました。その力に圧倒されながらも、グインとの一騎打ちに活路を見いだそうとするイシュトヴァーン。世界最強の戦士ふたりが、ここについに激突したのです。

【初級】グインとイシュトヴァーンの一騎打ち。勝利したのはどっち？
【中級】アムネリスが息子につけた「ドリアン」とは、どういう意味？
【上級】アムネリスが閉じ込められていた塔の名は？

【解答】
【初級】グイン
【中級】悪魔の子
【上級】アムネリア塔

【解説】

祖国を再び滅亡へと追いやった夫イシュトヴァーンへの憎しみを抱え、その憎き夫の子を胎内に宿したままに、ゴーラ王妃アムネリスが幽閉されていたアムネリア塔は、まさにアムネリスを監禁するためにゴーラ王宮イシュトヴァーン・パレスの中央に建設された塔でした。外部からの侵入を防ぐために外壁を白亜で磨き上げ、その内部を濃いえんじ色で暗く閉ざした塔の四階で、アムネリスは幽閉の日々を送っていました。思えばかつて、アムネリスがクムで幽閉されていた時も、その宮殿の名にはアムネリアの名が冠《かん》せられていました。アムネリスの名の由来でもある、この豪奢《ごうしゃ》な花は、あるいはアムネリスにとっては呪われた運命の象徴《しょうちょう》でもあったのかも知れません。

その呪われた塔の中で産み落とした息子にアムネリスが与えた名は、悪魔神ドールの息子の名でした。もし生まれたのが娘であったならば、アムネリスはドールの娘ドーリアの名を我が子に与えていたことでしょう。それはもちろん、夫に対するアムネリスの憎悪が込められた名前でした。そして、この呪われた名を持つ赤子は、愛してくれる父も母もない、哀《かな》しい運命の中で育っていくのです。

そのゴーラから遥か遠く、マルガ近郊で行なわれたグインとイシュトヴァーンの一騎打ち。それは世界最強とも謳《うた》われる二人の闘いでしたが、力の差は歴然としていました。あまりにもあざやかなグインの圧勝劇。イシュトヴァーンにはもはやなすすべもなく、降伏するしか道はありませんでした。

【問58】

一騎打ちの結果、イシュトヴァーンはグインにとらえられ、戦闘は終結しました。ヴァレリウスらの手によって後催眠の術を解かれたイシュトヴァーンはキタイ侵略の真実を知り、グインとの和平に合意。両雄はともにキタイの魔の手からパロを、ひいては中原を解放するために戦うことになりました。

イシュトヴァーンとの話し合いの席で、グインはナリスとの面会を希望します。それは同時にナリスがかねてから切望していたことでもありました。二人はマルガ近郊の小村で、ついに対面を果たしました。

その時、不自由な体できびしい戦いに身を投じてきたナリスの体力はもはやつきようとしていました。しかしナリスは、その最後の体力と気力を振り絞り、グインに自分しか知らぬ古代機械の秘密を伝えます。禁じられた《パスワード》、そして新たな《マスター》の指名。そのすべてを伝え終わると、ナリスはそのまま眠るように息を引き取ったのでした。

【初級】ナリスが息を引き取った時、その体は誰の腕の中にあった？
【中級】ナリスのあとを追って殉死《じゅんし》した聖騎士侯は？
【上級】ナリスの享年《きょうねん》は？

【解答】
【初級】ヴァレリウス
【中級】ルナン
【上級】三十一歳

【解説】

ナリスとグインとの最初で最後の対面が果たされたのは、マルガ近郊のヤーナという、二十戸ほどの小さな村落でした。当初、この会談に立ち会っていたのはイシュトヴァーン、ヨナ、ナリスの小姓《こしょう》カイだけで、リンダとヴァレリウスは自軍に残ってグインの留守を守っていました。

念願かなったグインとの対面に興奮した様子のナリスでしたが、もはやその体が限界を迎えていたことは、ずっとそばにいたものたちの目には明らかでした。そしていよいよという時、ヨナの連絡によって駆けつけたのがヴァレリウスでした。

そのヴァレリウスに体を支えられたまま、果たせなかった自分の夢を独り言のようにグインに語りかけていたナリスは、そのまま息を引き取りました。それはナリス以外の何者にもなしえなかったであろう、栄光と苦難と孤独と崇拝に満ちた、わずか三十一年の生涯の終幕でした。彼の死を最も間近で看取《みと》ったのが、妻リンダでも、弟マリウスでもなく、ヴァレリウスであったということが、ナリスとヴァレリウスの特別な絆《きずな》の強さを象徴《しょうちょう》するものであったかも知れません。

ナリスの死は周囲の人々に耐え難い哀《かな》しみをもたらしました。それは常にナリスのそばにあったカイと、ナリスを我が子同然に愛してきた聖騎士侯ルナンにとっては、生きる気力をすべて奪われるほどのものでした。この時、彼らが殉死《じゅんし》をとげたことを意外に思うものは誰もいなかったのです。

【問59】

ナリスの弔《とむら》いを終え、グイン軍とイシュトヴァーン軍はクリスタルへ向けて進発しました。途中、ベック公ファーン率いるレムス軍と激突したグインは、わずかな精鋭のみを連れてレムス軍に突入、ファーンの拉致《らち》に成功します。しかし、ファーンはヤンダル・ゾッグの魔道に脳を冒《おか》され、すでに正気を失っていました。

なおもクリスタルへと向かうグイン軍を、魔王子アモンの魔道が次々と襲います。人頭犬身と化した貴族の訪問、ゾンビーと化した戦死者たちの群れ、まやかしの大地震、没薬《もつやく》入りの深い霧、巨大な竜の襲撃、そして《夢の回廊》の恐るべき罠。そのアモンの強力な魔道はさしものグインをも動揺させ、彼を窮地《きゅうち》に追い込んでいきました。しかし、グインの底知れぬ力とヴァレリウスの尽力により、グインはかろうじて難を逃れました。

そしてついに、グイン率いるケイロニア軍はクリスタルへと突入したのです。

【初級】《夢の回廊》の術によってグインと対面した女性は誰？
【中級】ベック公ファーンの脳を冒した魔道の術とは何？
【上級】この時、グインの依頼によってクリスタルを偵察した魔道師は誰？

【解答】
【初級】シルヴィア
【中級】《魔の胞子》の術
【上級】グラチウス

【解説】
アモンが次々と仕掛ける魔道の中で、グインが最後まで罠と見破れなかったのが、この《夢の回廊》の術でした。グインの最大の弱点ともいうべき妻シルヴィアとの対面に、そしてそのシルヴィアの口から浴びせられる罵詈《ばり》雑言《ぞうごん》に動揺をかくせなかったグインは、それを何者かがシルヴィアに化けた妖術と見て、手にした魔剣でシルヴィアに斬りつけてしまいます。しかし、そのシルヴィアは《夢の回廊》を通ってグインのもとに現われた本物であったのです。夫に殺されかけたと信じるシルヴィアはさらに深く傷つき、このことがのちにさらなる大きな悲劇へと発展していくことになります。

アモン、そしてヤンダル・ゾッグの魔道の中でも、最も恐ろしいもののひとつが、ファーンの精神を狂わせた《魔の胞子》の術でしょう。これは針のような《胞子》を人に寄生させ、それを通じて人の精神をあやつるという術で、寄生した人の《気》を吸って成長した《胞子》は、最後にはその人の脳全体を乗っ取ってしまうのです。ごく初期であれば魔道によって《胞子》を取り除くこともできますが、症状が進むと脳がぼろぼろになり、ファーンのように廃人状態になってしまうのです。

アモンという怪物と闘うためには、グインとグラチウスという不倶戴天《ふぐたいてん》の仇敵《きゆうてき》同士が共闘したのもやむをえないことだったのでしょう。そして、その世界最強の黒魔道師グラチウスでさえも、クリスタル偵察の折りに脱出不能の罠におちいりかけるほど、アモンの魔道は強力なものであったのです。

【問60】

アモンに精神を支配されたレムスを救出してほしい、という使いの魔道士の言葉に、グインは《竜の歯部隊》を引き連れ、魔宮と化したクリスタル・パレスに入ります。しかし、予想通りというべきか、それはアモンのしかけた罠でした。アモンはグインの部下たちの命と引き替えに、グインに古代機械の《マスター》としてアモンに仕《つか》えるよう要求しました。

しかしグインもしたたかでした。グインは古代機械に入ると、逆に機械をパレスごと自爆させるとしてアモンを脅《おど》し、アモンにも古代機械に入るよう要求したのです。そしてグインは自分とアモンの身をどこことも知れぬ場所へと転送してしまいました。

それはパロがついにキタイの、そしてアモンの魔の手から解放された瞬間でした。ヨナの手で古代機械は停止され、長い眠りにつきました。そしてクリスタル中に、解放を祝う人々の歓喜の声が響き渡りました。しかし、グインがどこへ転送されたのか、その行方だけは誰にもわからなかったのです。

【初級】グインは自分とアモンをどこに転送したのでしょう？
【中級】クリスタル解放後、聖王レムスと王妃アルミナが幽閉された塔の名は？
【上級】アモンとともに古代機械へ向かう際、グインが《竜の歯部隊》隊長ガウスに言い残した言葉とは？

【解答】
【初級】ノスフェラス
【中級】白亜の塔
【上級】「ガウス。ルアーの忍耐だ。いいな」

【解説】
クリスタル解放後にレムスとアルミナが幽閉され、かつてはリンダが魔道の眠りについていた白亜の塔は、クリスタル・パレスの東端近くにある、王妃宮に囲まれた塔です。さほど高くはないものの、白大理石で作られた優美な白鳥のような美しい塔で、先端は美しい白蓮の花をかたどったふくらみを有しています。以前は王妃の賓客《ひんきゃく》や他国の王族の女性の滞在場所として使用されていましたが、ランズベール塔焼失後は、貴族や王族用の牢獄《ろうごく》としての役割を果たすようになりました。

そのクリスタル解放の立役者となったグインがガウスに言い残したのは「ルアーの忍耐」という言葉です。軍神ルアーの名を象徴《しょうちょう》的に用いたこの言葉は、「これから自分は非常に思いきった行動をとり、それによって一気に事態を収拾するつもりであるので、たとえこのあと、どういうかたちで何があろうとどういうことが起きようと驚かず騒がず、指導者級の者が団結し相談して最善と思われる方法をとりつつ自分の帰還を待つように」という重要な意味を持つ暗号でした。ガウスと《竜の歯部隊》はこれを忠実に守り、このあとひたすらに主君グインの帰還を待ち続けることになります。

そのグインがアモンとともに転送されたのは、グインにとっては懐かしいノスフェラスでした。それは中原からアモンの脅威《きょうい》を除くために、グインが周到に考え抜いた作戦でした。そしてアモンとの闘いは、このノスフェラスを舞台にいよいよ最後の局面を迎えることになります。

グイン・サーガの三十年①

1979.03　ＳＦマガジン五月号に『豹頭の仮面』第一話が掲載される。

1979.09　第一巻『豹頭の仮面』刊行。

1980　このころから大小さまざまなファンクラブが出来はじめる。その後もファンクラブの数は増え続け、一時はコミックマーケットに「栗本」というジャンルが成立するほどであった。

1981.02　「スターログ」日本語版ＮＯ．28（ツルモトルーム）に大河ＳＦとして『太陽の世界』『幻魔大戦』とともに紹介される。見開きで左頁に内容の紹介が、そして右頁をまるまる使って中原の地図が掲載された。現在のものといくつかの違いはあるが公式に地図が発表されたのはこれが最初である。

1982.11　ＳＦマガジン十二月臨時増刊号「栗本薫　グイン・サーガの世界」刊行。まるまる一冊グイン・サーガだけを特集した本。外伝五篇の一挙掲載の他、解説記事、簡易人名辞典などが掲載された。

1983.01　第一巻改訂版刊行。前年の全国ハンセン氏病患者協議会の抗議を受け入れ改訂版を刊行。

1983.08　ファンによる最初の大規模イベント「グイン・コン１」が大阪で開催。

1985.02　第二十巻『サリアの娘』より、イラストレーターが天野喜孝氏になる。

1989.09　『愛蔵版グイン・サーガⅠ』刊行。正篇五巻分を一冊にまとめた単行本で四巻までが刊行された。この本は長期保存に耐えられるよう中性紙を使用して製本された。また二巻までは革装の限定版も刊行された。

1990.10　『グイン・サーガ・ハンドブック』刊行。

1990.12　小説ハヤカワ「ハィ！」スペシャル「栗本薫ミュージカルの世界」刊行。

ミュージカル「マグノリアの海賊」の上演を記念して刊行された。出演者座談会や稽古場レポート、完成台本などが収録されている。

1991.01　ミュージカル「マグノリアの海賊」上演。

1991.11　第三十六巻『剣の誓い』刊行。

この頃からパソコンによる執筆が始まる。

1993.10　第四十二巻『カレーヌの邂逅』刊行。

この年は一冊しか刊行されなかった。

1995.11　第五十巻『闇の微笑』刊行。

ミュージカル「グイン・サーガ炎の群像」上演。

『グイン・サーガ読本』刊行。

五十巻達成とミュージカル上演を記念した読本。お祝いメッセージや用語事典のほか、外伝『幽霊島の戦士』、幻の中篇「氷惑星の戦士」が一挙掲載されている。

1996.03　『天野喜孝グイン・サーガ画集』刊行。

1997.06　外伝第十巻『幽霊島の戦士』より、イラストレーターが末弥純氏になる。

この後しばらくグインのキタイでの活躍を描く外伝と、パロのナリスの反乱を描く正篇が交互に刊行される。

またこの頃より、年六～八冊の刊行ペースが定着する。

177ページへつづく

第四部

出題範囲
第93巻～第127巻

〔ノスフェラス〕

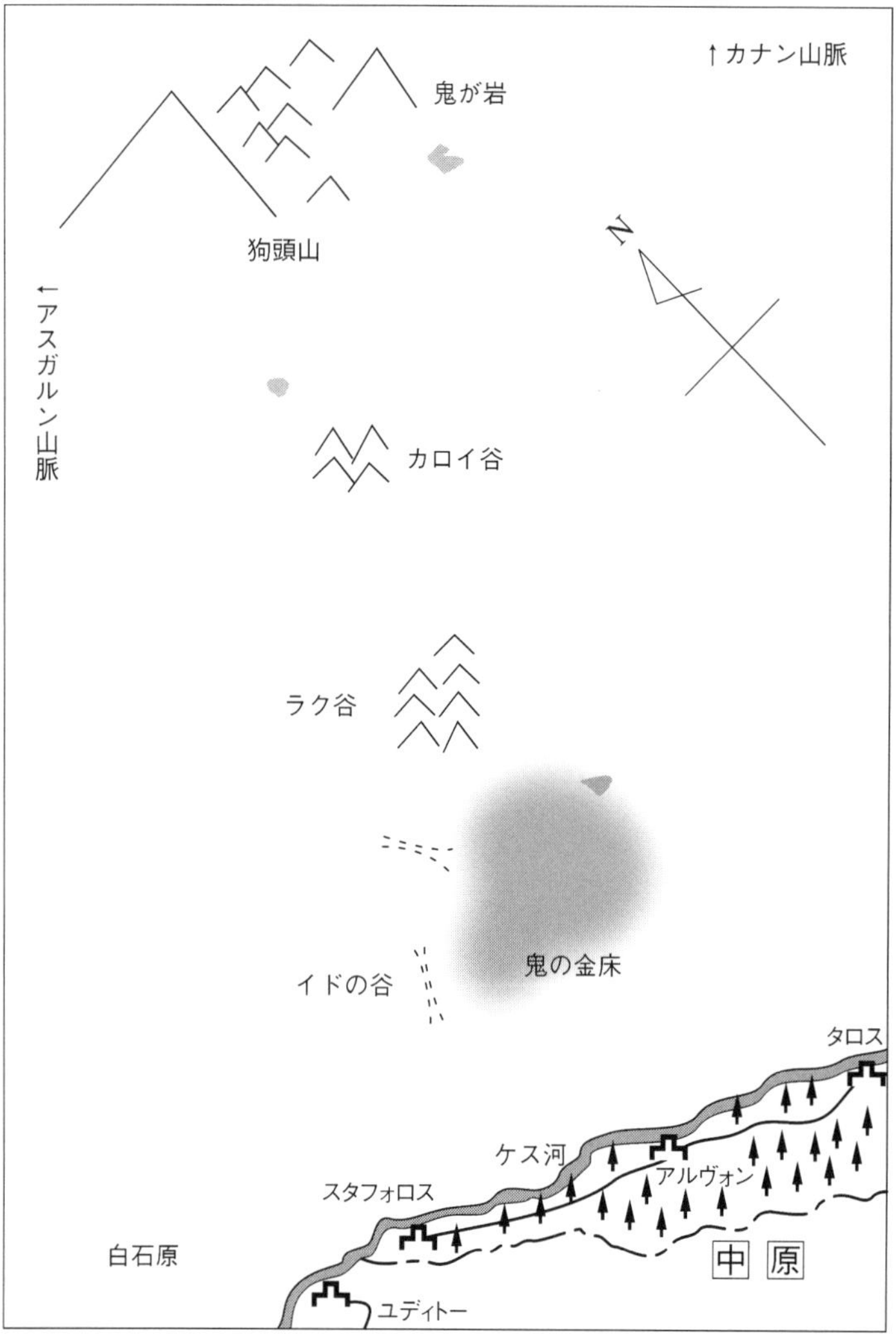
↑カナン山脈
鬼が岩
狗頭山
←アスガルン山脈
N
カロイ谷
ラク谷
鬼の金床
イドの谷
タロス
ケス河
アルヴォン
スタフォロス
白石原
中原
ユディトー

【問61】

グインがパロの古代機械に命じ転送された場所、そこはノスフェラスでした。目覚めたとき彼は一人きりで、ともに転送されたはずのアモンの姿はそこにはありませんでした。

グインは広大なノスフェラスの砂漠をあてどもなく歩き始めます。しばらくして、彼の前に〈闇の司祭〉グラチウスが現われました。グラチウスはグインに古代機械の謎を解くために手を組もうと提案します。そして二人は会話の中でノスフェラスにもう一つの古代機械がある可能性に気づくのでした。

彼らは古代機械、そして星船《ほしふね》の謎を解くためグラチウスのあやつる魔道の船に乗り、ノスフェラス最大の謎とされる《瘴気《しょうき》の谷》グル・ヌーに向かいました。そして彼らはあるものが一面に広がる異様な光景を目の当たりにするのでした。そのものはあたり一帯に瘴気を立ち上らせ、その強さはためしにとグラチウスが飛ばした鳥をあっという間に消してしまうほどでした。

瘴気を恐れるグラチウスを残し、グインは一人、グル・ヌーの中心部へと向かって歩き始めました。そして彼は魔道師ロカンドラスに出会います。ロカンドラスに導かれ、グインは瘴気の谷へ、そしてその下に眠る星船へと足を踏み入れるのでした。

【初級】グル・ヌーの周囲に広がるあるものとは？
【中級】ロカンドラスの通り名といえば？
【上級】ロカンドラスが連れているラクダに似た動物の名は？

【解答】
【初級】白骨
【中級】北の賢者
【上級】ホーイー

【解説】
キレノア大陸の中でも人間の住むことの出来ない不毛の砂漠ノスフェラス。その中でも最大の謎とされるのが《瘴気の谷》グル・ヌーです。周囲は《死人《しびと》が原》とも呼ばれ、見渡すかぎりにおびただしい量の白骨が広がり、そしてその白骨たちが瘴気を立ち上らせ、さらには中心に向かってじわりじわりと動いているという、なんとも異常な場所でした。

かつてノスフェラスは、繁栄を誇った古代帝国カナンの中心地でしたが、ほかの惑星からやってきた星船の墜落により一夜にしてその姿を砂漠へと変えてしまい、広がる白骨はカナンの人々のなれの果てなのだともいわれています。一人でグル・ヌーの中心に向かって進むグインは、かつてカナンで暮らした少女の声を聴き、カナンの民たちの突然の不条理な運命に思いをはせました。

そして、グインの目の前にかつて《北の賢者》と呼ばれた魔道師ロカンドラスが現われます。彼は〈闇の司祭〉グラチウス、《大導師》アグリッパと並んで伝説の三大魔道師と呼ばれた人物でした。しかし彼はすでに入寂《にゅうじゃく》しており、肉体を持たない魂魄《こんぱく》のみの存在となっていました。

彼らはロカンドラスの持つ、ラクダによく似た《ホーイー》という生物（それもまた魂のみの存在でした）に乗ってグル・ヌーの中心部にたどり着きます。そこはすり鉢状になっており、真ん中にはぽっかりと穴が空いていました。そしてその下の洞窟のような地下深くに星船があったのです。

【問62】

星船に足を踏み入れたグインに星船が語りかけてきました。グインは自分が《グランド・マスター》として登録されていることを知ります。また船内を探索し、過去に出会ったクラーケンやヤンダル・ゾッグのような生物が囚人として冷凍保存されている部屋に出くわしました。そうしたグインにとって驚愕の事実が次々と明らかにされていきました。

グインの前に再びアモンが現われます。アモンはひたすら、ほかのエネルギーを取り込もうとする生命体で、さらなる成長のために星船を使って宇宙へ飛び立とうとしました。グインは拒否しようとしますが、結果的に星船は宇宙へと飛翔してしまいました。

地上遥か上空の星船の中でグインは自分の運命と対峙《たいじ》することになります。星船はある惑星への航行を始めていましたが、グインにはそこに向かう気はありませんでした。そしてまた、何があってもアモンを地上へと戻すわけにもいかないと決意したグインはある行動に出ます。

それはアモンを残したまま、危険を承知の上で自分をノスフェラスへと転送させ、星船をアモンごと自爆させるというものでした。

【初級】星船が向かっていた惑星とは？
【中級】星船に設置されていた転送装置の名称は？
【上級】グインが地上に戻るために定めておいた転送システムを動作させるキーワードとは？

【解答】
【初級】ランドック
【中級】カイザー転移装置
【上級】「さらばだ、アモン。永遠に！」

【解説】
グインは星船を管理するシステムとの対話の中で自分の素性《すじよう》を少しずつ知ることになります。自分が星船の最高司令官であったこと、自分の命令によって星船が待機状態にあったこと、ランドックとはアリシア星系の第三惑星のことであったこと、そしてそのランドックでは自分が廃帝と呼ばれる存在であったこと、女神アウラ・カーによって追放され、今では情報の取得を制限されていること、グインにとって、そして読者にとっても数多くの衝撃的な事実が明らかになっていきました。

船はグインの命令によってランドックへと向かっていましたが、グインは自分がランドックに属するものだということを知っても、そこを故郷と思うことはできませんでした。彼は、彼を愛する者たちが待つケイロニアやノスフェラスをこそ、自分の故郷と感じていたのです。

星船にもパロの古代機械と同じ転送装置がありました。パロのものはカイサールの転送装置と呼ばれていましたが、星船のものはカイザー転移装置と呼ばれていました。

グインは地上への転移を決意しました。彼はアモンを誘い出し、彼に言い放ちます。「さらばだ、アモン。永遠に！」その瞬間アモンは星船によって凍結され、グインは地上へと転送されたのでした。

そして彼は再びノスフェラスで目を覚ましました。彼を助けたセムやラゴンに見守られる中、彼はつぶやきます。「俺は、誰だ？」と。

【問63】

一方、中原《ちゅうげん》に残された人々もさまざまな思いをかかえて日々を過ごしていました。

ゴーラ王イシュトヴァーンはモンゴールのあちこちで反乱軍が蜂起《ほうき》したことを知り、自ら制圧に乗り出すことに意欲を見せました。そんなイシュトヴァーンにカメロンはドリアン王子との対面を勧めます。いやいやながらもそれに従ったイシュトヴァーンはドリアンを初めて見たとき、思わずある行動に出てしまいました。

パロではリンダやヴァレリウスたちがパロの再建について頭を悩ませていました。彼らがケイロニア宰相ハゾスと会談を行なっていた時、突然ある魔道師が現われ、グインの消息を告げました。

魔道師からの報《しら》せをもとに急遽《きゅうきょ》ケイロニアからグイン救出のためのノスフェラス遠征軍が結成されました。

宮廷での生活にどうしてもなじめないマリウスは、愛するオクタヴィアやマリニアと別れ、遠征軍に同行することを選びます。最後にマリウスはケイロニア皇帝家の人々の前で、自分の証《あかし》である歌を、優しく、そして強く歌い上げるのでした。


【初級】乳母からドリアン王子を渡されそうになったとき、イシュトヴァーンがとった行動とは？

【中級】ヴァレリウスたちの前に現われて、グインの消息を告げた魔道師とは？

【上級】この時、マリウスがオクタヴィアたちの前で最初に歌った歌は？

【解答】
【初級】乳母を突き飛ばした。
【中級】グラチウス
【上級】「サリアの娘」

【解説】

初めての対面で、乳母から無防備にドリアンを差し出されたイシュトヴァーンは、思わずドリアンごと乳母を突き飛ばしてしまいます。イシュトヴァーンにはどうしてもドリアンを愛することはできませんでした。彼にとってドリアンはアムネリスの遺《のこ》した怨讐《おんしゅう》のように思えてならなかったのです。

パロで、リンダたちの前に現われたのはグラチウスでした。彼はグインがノスフェラスにいたこと、記憶を一切失っていること、そしてその後グル・ヌーで起きた一連の出来事をリンダたちに伝えました。その場にいたハゾスは急ぎケイロニアにとって帰り、アキレウス皇帝にその事実を伝えます。すぐさまノスフェラス遠征軍が編制され、出発の準備が進められました。

マリウスにとって宮廷での生活は、束縛される籠《かご》の中のものでしかありませんでした。マリウスは最後に本当の自分を知ってほしいと、ケイロニアの人々の前で歌い始めます。最初に歌われた「サリアの娘」はケイロニアの民衆に愛されている曲です。マリウスのその優しい歌声を聞いたオクタヴィアは彼と出会ったときのことを懐かしく思い出すのでした。イリスと名乗り孤独に満ちていたときのこと、そんな自分をマリウスが本気で愛してくれたこと、そしてそれからもう長い月日が経《た》ってしまったこと。曲が終わったとき、オクタヴィアの頰には滂沱《ぼうだ》たる涙が伝わっていました。

【問64】

星船《ほしふね》からの転移の影響で記憶をすっかり失ってしまったグインはラゴンやセム族の、ここに留まってくれという願いを振り切り、自分の記憶を取り戻すためノスフェラスを離れます。

一人歩き始めたグインの前に黄昏《たそがれ》の国の住人である大ガラスの女王とサバクオオカミの若き王が現われました。彼らとともにケス河にたどり着いたグインは、対岸でゴーラ軍にモンゴール反乱軍が蹂躙《じゅうりん》される場面を目の当たりにしました。反乱軍を救うために思わず飛び出したグインでしたが、イシュトヴァーンに囚《とら》われの身となってしまいます。

記憶を失っていることをイシュトヴァーンに知られたくないグインは、何とか話を合わせながら脱出の機会をうかがっていました。大ガラスの女王の手を借り、ワライオオカミやグールに部隊を襲わせたグインは混乱に乗じて逃げ出します。

途中、グールの群れと出くわし、奇妙な歓待を受けることになったグインでしたが、残した反乱軍のことが気になり、ケス河に戻ります。そこでグインは無惨に広がる何百もの死体と、深い憎悪と悲しみに満ちたイシュトヴァーンの姿を見るのでした。


【初級】ノスフェラスを離れようとするグインにドードーが要求したこととは？

【中級】モンゴール反乱軍の指揮官の名前は？

【上級】グインがグールらと別れる際、母グールから受け取ったものとは？

【解答】
【初級】一対一の戦い
【中級】ハラス
【上級】短剣

【解説】

グインがノスフェラスの王であり、ラゴン族を約束の地に導いてくれる「リアード」であると信じているドードーは、グインから力ずくで王座を奪い取るため戦いを挑みました。グインは体格で勝るドードーを頭の上にまで持ち上げ、投げ飛ばします。そしてその時、グインは過去にドードーと戦ったことがあることを実感するのでした。

モンゴール反乱軍の指揮官であるハラスは先代のマルス伯爵の甥《おい》にあたり、モンゴールとアムネリスを破滅に導いたイシュトヴァーンを憎む、弱冠十九歳の青年でした。反乱軍といっても正規の軍人は数えるほどしかおらず、ほとんどは烏合《うごう》の衆といってもよい市井《しせい》の民の集まりでした。

グールは《屍《しかばね》食い》と呼ばれ、半人半妖とも、獣ともつかぬ、長くやせこけた四肢に長い毛をはやした怪物です。しかし全く知性を持たぬわけではなく、一応の家族や社会をもっていました。動けなくなった子グールを助けた礼にグインはグールたちが住む洞窟へ案内されます。そこで幻想的な一夜を明かしたグインは別れ際に、助けた子グールの親らしきグールからルードの森で無念の死を遂げた者の持ち物であったであろうエルハンの彫刻がほどこされた短剣を受け取ったのです。

【問65】

再び囚《とら》われの身となったグインが物思いにふけっていると、澄んだ優しい歌声が聞こえてきました。その歌声は不思議なことにグイン以外の者には聞こえていないようでした。次の日の夜、グインがルードの森の悪夢に引き込まれそうになった時にも、再び歌声がグインの心に響きわたり、それにより彼は自分を取り戻します。自分はこの歌声の主を知っている、自分はその者に会わなければならない、そう決心したグインは、ゴーラ軍からふたたび脱走しました。

ルードの森をさまよっているところを死霊に襲われ、窮地《きゅうち》に追い込まれたグインは、アルゴスの黒太子スカールによって救われます。スカールを信用できる男であると感じたグインは、彼と彼の率いる騎馬の民と行動をともにすることにしました。

しかし彼らはゴーラ軍に追いつかれ、戦闘が始まります。その中心ではグインとスカールによる、イシュトヴァーンとの激しい戦いが繰り広げられていました。

そしてグインの一撃がイシュトヴァーンをつらぬいたのです。

【初級】グインに聞こえてきた歌声は誰のものだった？
【中級】グインはイシュトヴァーンのどこを刺した？
【上級】ゴーラ軍から逃れるためにグインたちが目指した場所は？

【解答】
【初級】マリウス
【中級】脇腹
【上級】ユラ山系

【解説】

グインの心に響いた歌声は空耳ではなく、そのとき実際にマリウスは歌っていました。そして、マリウスにもまたグインの「俺はここだ。おまえはどこにいる」という叫びが届きました。グインとマリウスには強い結びつきのあることが感じられるエピソードです。

ユラ山系はモンゴールとユラニアを分ける南北に連なる山脈です。山の中に入ってしまえばゴーラ軍も動きが悪くなるであろうこと、そして自分と深い関わりがあるらしいパロのリンダ女王に会えば記憶を取り戻す手がかりを得られると考えているグインとしては、この山系に向かい、それを超えてゆくことは必然でした。しかし、草原の馬には巨漢のグインは重たすぎてどうしても歩みが遅くなってしまうため、ゴーラ軍に追いつかれてしまったのです。

自分のもとから逃げ出したグインを許せないイシュトヴァーンは、グインめがけて突進していきます。グインもまたそれに応えるかのごとくまっすぐイシュトヴァーンに向かっていきました。二人の激烈な戦いが始まりました。スカールもまた、自分の手でリー・ファの仇《かたき》を討つため二人の間に割ってはいろうとしましたが、二人の戦いを止めることはできませんでした。

次第に力量と体力で勝るグインがイシュトヴァーンを圧倒していきます。誰もがイシュトヴァーンが殺《や》られる、そう思った瞬間、グインの剣先がイシュトヴァーンの脇腹を刺し抜いていました。

【問66】

イシュトヴァーンは一命は取りとめたものの、意識不明の重体となりました。これによりゴーラ軍は撤退していきました。

危機をまぬがれたグインたちでしたが、どこからか起きた山火事によって再び窮地《きゅうち》におちいります。それはまるで火の女神の怒りをかったかのような激しい山火事で、みるみるうちに彼らは周りを火に取り囲まれてしまいました。

そんな彼らの前に、グラチウスが現われます。かねてからグインとスカール、この二人の秘密を手に入れたがっていた彼は、この窮地を利用して彼らを自分に従わせようとしました。実はこの山火事自体、グラチウスが起こしたものだったのです。

執拗《しつよう》にせまるグラチウスに対し、グインは全く動じずじっと耐え続けます。

彼らが炎に包まれそうになった瞬間、グラチウスが根負けし、あることが起きました。

【初級】グラチウスはグインのことを北の豹と例えました。ではスカールのことは何と例えたでしょう？

【中級】グインとスカールに根負けしたグラチウスが行なったことは？

【上級】三姉妹として知られる火の女神の長女の名は？

【解答】
【初級】南の鷹
【中級】雨を降らせた。
【上級】レイラ

【解説】

呪われた火の女神レイラはフィステ、ディーガと続く三姉妹の長女で、もっとも古い創世記の神話には、尽きることを知らぬレイラの怒りにあって、この地上のすべてが燃やしつくされ、ひとたびはヤヌスの神々たちでさえこの地上を去って天上に逃れたと記されているほど怖れられている神です。

グラチウスはグインのことを北の豹、スカールのことを南の鷹と呼び、「北の豹に、南の鷹。それが相会う時に会《え》がおこる」と語りました。それはもっとも劇的なこの世界の変革、転回点となる出来事であり、すべてはその時のために自分は命をかけて準備してきたのだとグラチウスはいいました。

グラチウスがノスフェラスで病に冒されたスカールを救ったのも、そのためのことでした。ただし、グラチウスはスカールの病を治したのではなく、自分が与える薬がないと生きていけないような体にしてしまったのでした。

しかし二人が出会っても《会》は起こりませんでした。それはグインが記憶をなくしているためだと考えたグラチウスは、魔道による治療をほどこさんがため、改めてグインに、自分に従うよう執拗にせまります。しかし火が目の前に迫ってもいっこうに動じないグインに、とうとうグラチウスはあきらめて大雨を降らせ、山火事を鎮火させました。

グインはグラチウスにはどうあっても自分たちを死なせるつもりはないと見抜いていたのでした。

【問67】

グイン探索のためケイロニア軍と行動をともにしていたヴァレリウスは、山火事のあとの様子を見に、ひとり偵察に飛びました。焼け焦げばかりの無残な姿をさらしている山々を見下ろしながらグインの《気》を探りますが、それを感じることはできませんでした。

そんな彼の前にユリウスが現われました。執拗《しつよう》に絡んでくる態度に何か裏があるとにらんだヴァレリウスがユリウスを振りきろうとしたその時、大地の鳴動とともに巨大な《気》のぶつかり合いを感じます。

それはグラチウスともう一人の魔道師によるすさまじい魔道の死闘によるものでした。しばらく《気》の動きを追っていたヴァレリウスでしたが、そこに下級魔道師から緊急の連絡が入ります。それは同行していたマリウスがいなくなったというものでした。

それもまたこの死闘に関係があり、何よりこのままではケイロニア軍にも多大な被害が出ると考えたヴァレリウスは争いを制止するため、部下の一級魔道師を引き連れて、死闘が行なわれている場所に一気に《飛び》ました。

【初級】グラチウスと死闘を繰り広げていた相手の魔道師とは？
【中級】グラチウスとその魔道師との死闘はなぜ起きた？
【上級】この争いを止めるためヴァレリウスが連れていった一級魔道師は何人？

【解答】
【初級】イェライイシャ
【中級】イェライイシャがグインをグラチウスのもとから逃がしたから。
【上級】五人

【解説】

グラチウスの相手は《ドールに追われる男》イェライイシャでした。二人の魔道の戦いはまるで二つの巨大な竜巻のぶつかり合いのようなもので、実際、物理的にも周りに嵐を巻き起こしていました。ヴァレリウスはラス、タール、モルガン、マウラス、キアスの五人の一級魔道師を連れて死闘が繰り広げられている場所に飛びました。しかし、あまりの《気》のエネルギーの強さに耐えられず、五人は全員命を落とすことになります。

いつ果てるともしれない壮絶な戦いでしたが、イェライイシャの結界にヴァレリウスが同期し、二人の念を合わせることによってグラチウスを退《しりぞ》けることに成功しました。

嵐が治まり、ヴァレリウスとイェライイシャはグインとスカールがいた洞窟に赴《おもむ》きました。しかし、そこにいたのはスカールのみで、グインはいませんでした。

イェライイシャは、グインの記憶がグラチウスによって取り戻され、そして利用されることを恐れ、グラチウスの監視下からグインを逃がしたのでした。それを知ったグラチウスが激昂し、二人の魔道師の過去の因縁もあって先の死闘となったのです。

【問68】

イェライシャによって解放されたグインは、記憶を失ったままでは、人の言葉の何が真実で何が真実ではないのか判断できないため、いまケイロニアに戻り、否応《いやおう》なくケイロニア王として扱われてしまうことに恐れを感じていました。そして、リンダ女王に会えば道が開かれる、なぜだかそんな気がしていました。

そうしてパロに向けてユラ山系の南外れの山道をひとりグインは歩いていると、あの心に響く優しい歌声が聞こえてきました。カーブを曲がったとき、そこに待っていたのはマリウスでした。

二人はパロを目指して一緒に旅をすることになりました。

途中立ち寄ったガウシュの村の外れで、二人はローラと名乗る女性に出会います。ローラは若く、小柄で華奢《きゃしゃ》な娘で、小さな子供を一人で育てていました。その子を見たマリウスは確信します。この子はイシュトヴァーンの子供であると。そう、ローラとは偽《いつわ》りの名で、彼女はかつてアムネリスの侍女であったフロリーだったのです。

【初級】フロリーの子供は、いつもフロリーからなんと呼ばれていた？
【中級】フロリーはなぜ村はずれに住んでいた？
【上級】ガウシュ村の村長の名前は？

【解答】
【初級】スーティ
【中級】村長が優しく接したため、村長夫人に嫉妬《しっと》されたから。
【上級】ヒントン

【解説】
フロリーは三年前、駆け落ちの約束をしたイシュトヴァーンが約束の場所に来なかったことで世を儚《はかな》み、一度は湖に身を投げました。しかし漁師に救われてなんとか生きながらえ、そして子を孕《はら》んでいることを知り、その子を生んで育てるためこの村にたどり着いていたのでした。

彼女は自分の子供に父親と同じイシュトヴァーンという名前を付けました。しかし人前でそれを呼ぶことは避け、シューティと呼んでいたのですが、まだ小さい彼は自分をスーティとしか発音できなかったため、いつしかそれが呼び名になりました。

スーティはまだ二歳半の子供でしたが、利発で発育のいい、将来を予感させる子供でした。グインはすっかり彼に気に入られ、またグインも彼を大変気に入りました。

ガウシュの村はユラ山脈南部、ユラニアとの国境にほど近い、自由開拓民が切り開いたミロク教徒ばかりが住む、十五の家族が暮らすだけの小さな村でした。

村長のヒントンはもう七十歳ちかい白いひげをはやした老人です。フロリーがその村にたどり着いた時、村民は同じミロク教徒であるフロリーを優しく受け入れましたが、なかでもあまりにヒントンが優しく接したため、ヒントン夫人に嫉妬され、フロリーは村はずれに住まざるをえなくなりました。

【問69】

平和だったガウシュの村に、突然《光の騎士団》と名乗る三百五十騎あまりの一軍が現われます。団長は銀色の仮面をかぶった《風の騎士》と名乗る男でした。彼らは自らをモンゴールの再興のために正義の戦いを行なう者であり、そのための犠牲は当然だと語り、ガウシュの村人たちから食料を奪い取ろうとしました。

傲慢《ごうまん》な態度の彼らに村人たちは困惑しますが、そんなやりとりのさなか、フロリーとマリウスは風の騎士に顔を見られてしまいました。すると風の騎士は二人をとらえようとします。なぜだか風の騎士は二人の正体を知っているようでした。

風の騎士は非道な手段で二人をおびき出そうとしました。罠とは知らず現われたフロリーに風の騎士は自分の正体を明かします。それはフロリーに大いなる驚愕をもたらしました。

そのとき、一人の戦士が現われ、物陰から成り行きを見守っていたグインとともに、フロリーを救い出します。

【初級】風の騎士の正体は？
【中級】グインとともにフロリーを救った戦士とは？
【上級】風の騎士がフロリーをおびき出すために行なったこととは？

【解答】
【初級】アストリアス
【中級】リギア
【上級】ガウシュの村に火をかけた。

【解説】

風の騎士は、非道にも、何も罪のないガウシュの村の一軒一軒に火を放ちました。燃えさかる村の様子を確かめにきたフロリーをとらえ、風の騎士は自分の正体を明かします。

そう、風の騎士はかつて《ゴーラの赤い獅子》と呼ばれたアストリアスその人でした。死の婚礼事件でとらえられた彼はマルガで幽閉されていましたが、イシュトヴァーン軍によるマルガ襲撃の混乱に乗じて脱走を図り、兵士を募ってモンゴール再興のための機会をうかがっていたのでした。

リギアはナリスの死を見届けたあと、もう自分はパロに残っている理由はないと、スカールを求めて流浪《るろう》の旅を続けていたところ、偶然マリウスに出会い、彼とフロリーが光の騎士団にとらわれそうになっているところを助けたのでした。そして村の火を見て飛び出したフロリーのあとを追い、ずっと風の騎士の様子をうかがっていたグインとともに光の騎士団と戦い、彼らを撤退させました。

しかし、光の騎士団の中にはカメロンの送り込んだモンゴールの間者《かんじゃ》が入り込んでいました。彼らはフロリー親子の存在を知ると団を離れ、グインたちの隙を突いてフロリー親子とマリウスを拉致《らち》してしまいます。

グインはアストリアスと交渉し、同じイシュトヴァーンを敵とする者として協定を結びます。

そして彼らは、おそらくフロリーたちがとらえられているであろうボルボロス砦《とりで》に向かいました。

【問70】

ボルボロスはカムイ湖の北端付近にあり、ユラニアとの国境にほど近い、城壁の内外に街が広がるかなり大きな砦《とりで》です。

この期を逃したらフロリーたちを救出することは不可能と考えたグインは一気に砦の中に攻め込み、そして無事フロリー親子とマリウスを救出することに成功しました。

彼らはゴーラ軍の追撃を振り切るべくそのまま一気に強行軍でパロに向かってつき進みました。その途中の分かれ道で彼らは人家を避け、カムイ湖沿いの道を選びます。

その時、激しい雨が降り出し、難儀《なんぎ》をしている彼らの前に突然、怪しげな黒い城が現われます。その城には奇妙な圧迫感と威圧感が感じられました。しかし、疲れ果てていた仲間を案じたグインはまよとばかりに門をたたきました。

そしてグインにとっての不思議な一夜が始まったのです。

【初級】グインたちがたどり着いた城のある地名は？

【中級】真夜中、城の中でグインが目覚めると、ほかの者たちが皆いなくなっていました。さて彼らはどうなっていた？

【上級】城の主である伯爵の名前は？

【解答】
【初級】コングラス
【中級】それぞれが棺のような箱に閉じ込められていた。
【上級】ドルリアン・カーディシュ

【解説】

コングラス、それは何度も近くを通っていて地理にくわしいマリウスも全く覚えのない場所でした。城に入ると、第三十二代コングラス城主、コングラス伯爵ドルリアン・カーディシュと名乗る年配の男が彼らを歓待してくれました。彼はグインが来ることをあらかじめ知っていたようでした。

真夜中、ふとグインが目覚めると一緒に寝ていたマリウスたちがいなくなっていました。グインは探索に出かけます。ある部屋を開けると棺《ひつぎ》のようなものがずらりと並んでいました。そして、その棺の中にフロリー、リギア、マリウス、スーティが眠っていました。

グインが彼らを助けようと棺を壊そうとした瞬間、コングラス伯爵が現われました。

彼はこの空間の中では普通の人間は長時間生命を保っていられないため棺の中に入っていなくてはいけないのだと告げます。そして彼は自分がグインと同じく遠い宇宙の彼方からこの惑星《ほし》にやってきたものであり、長い長い年月の昔、自分の意志でこの惑星《ほし》にたどり着き、そして長い長い年月の間、この地で孤独に過ごしてきたのだと語りました。

そして、グインの記憶を城にある設備によって再構築することが可能だと提案しますが、人工的な手段によって得た記憶は信用できないとグインは断りました。

翌日、グインたちが城をあとにすると、城は結界に包まれ、異次元の中に消えていきました。

【問71】

コングラス城をあとにしたグイン一行はカムイ湖を船で南下し、タルドという街に着きました。

彼らが落ち着いた街外れの宿に、突然一人の傭兵《ようへい》が押しかけてきました。その傭兵はフードで頭を隠していたグインのことを、自分が探していた知り合いの傭兵だと言い張ります。そんなやりとりのさなか、グインは傭兵に豹頭を見られてしまいました。その場をごまかすためにグインは、とっさに自分は豹頭王の偽物芸人であると嘘をつきます。

瓢箪《ひょうたん》から駒《こま》とはこのことでした。街中ではグインの容姿は目立ってしまうため、どうごまかそうかと考えていた彼らは、いっそのこと豹頭王の芝居を見せる芸人一座に扮《ふん》してしまおうということになりました。もちろんこのアイデアを一番気に入ったのはマリウスです。

さっそくマリウスは馬車を仕立て、芸人の衣服から小道具まで取りそろえました。次の街で彼らがグインとリギアの剣劇《けんげき》を披露《ひろう》したところ、それは彼らの想像を超える人気を博したのでした。


【初級】グインのことを知り合いと言い張って、結局仲間になった傭兵の名は？

【中級】興行の成功に気をよくしたマリウスが加えた出し物とは？

【上級】マリウス一座が初興行を打った街の名前は？

【解答】
【初級】スイラン
【中級】豹頭王の拝謁《はいえつ》式
【上級】タリサ

【解説】
傭兵はスイランと名乗りました。彼の体つきは肩幅も広く、首も太く、闘士の体形をした、どこからみても歴戦の傭兵のそれでした。タルドの街ではまともに相手をしなかったグインたちでしたが、タリサの街まで追いかけてきた彼を、結局は仲間に加えることにしました。彼を何者かの間者《かんじゃ》であると踏んだグインとマリウスは、どうせならそばに置いておいた方が都合がよいと考えたのです。

タリサはカムイ湖と小オロイ湖の境にある水郷《すいごう》の街で、首都ルーアンよりも純粋にクムの風俗を保っています。人々は水辺に暮らし、グーバと呼ばれる細長い船に食べ物や衣服、日用品など何でも乗せて網の目のように張りめぐらされた運河を行き交う生活をしていました。そしてまたクム人らしく陽気で享楽的《きょうらく》でした。

それゆえ、マリウスの歌や、グインの巨軀《きょく》、それから繰り出される剣技に大勢の人々が魅了されました。調子に乗ったマリウスはグインに見物客たちを拝謁させることを思いつきます。人々は、床几《しょうぎ》にどっかりと座ったグインを見て、その持って生まれた威厳《いげん》に圧倒され、みな喜んで平伏するのでした。

そして、次に訪れたルーエでの興行も大成功を収め、その評判は瞬《また》く間に広がり、タイス伯爵の元にも届きます。

【問72】

マリウス一座の噂を聞きつけたタイス伯爵は、グインたちをタイスに招き寄せました。

彼らの剣技を見た伯爵はたいそうグインを気に入ります。また、近くタイスで行なわれる祭りの武闘大会に参加する戦士を探していた伯爵は、まずは腕だめしにと、グイン、リギア、スイランに闘技場で戦うことを命じました。

予想外の展開に逃げ出すこともできず、闘技場に駆り出されたグインは、最初の相手を一瞬で打ち負かしてしまいます。その後も否応《いやおう》なしに剣士たちと戦わされるグインでしたが、うまく途中で負けようと思っても、あまりにも相手との力の差がありすぎるために不自然な負け方になってしまうことから、ついつい勝ち進んでしまいました。

そして、とうとうタイスの四剣士と呼ばれる戦士を相手にすることになりましたが、これまでの相手とは比べものにならない実力を持った彼らさえも、グインは全員打ち負かしてしまったのです。

【初級】タイス伯爵の名前は？
【中級】武闘大会が行なわれる祭りの名前は？
【上級】タイスの四剣士のうち、二人は《青のドーカス》、《黒のゴン・ゾー》ですが、残る《赤》と《白》は誰？

【解答】
【初級】タイ・ソン
【中級】水神祭り
【上級】《赤のガドス》、《白のマーロール》

【解説】

水の都タイスはまたの名を快楽の都と呼ばれるほど、快楽のためならどんなことも許される、悪徳と色欲と頽廃《たいはい》に満ちた街でした。

伯爵のタイ・ソンは四十から五十がらみで、典型的なクム人らしく細くつり上がった目を持ち、あごの先と鼻の両側にひげを蓄えた、ごくごく小柄な男でした。性格はタイスを象徴《しょうちょう》するにふさわしく、その権力をふりかざして欲しい物はどんな手を使っても手に入れ、気に入らない者がいれば簡単に殺してしまう、そんな独善的な男でした。

水神祭りはタイスで年に一度開かれる、オロイ湖の水神、守り神エイサーヌーを称《たた》える祭りで、クム中の人々が集まり十日間にもおよぶ、タイス最大のイベントです。また開催中は大武闘大会が行なわれ、多くの種目で剣士たちが技と腕を競い合います。

タイスの四剣士と呼ばれる彼らは、ドーカスが長槍《ちょうそう》、ゴン・ゾーが中剣《ちゅうけん》、ガドスが平剣《ひらけん》、マーロールがレイピアの種目でそれぞれ頂点に立っていました。

ドーカスはグインとの対戦で彼が本物であると見抜き、試合後グインに剣を捧げました。

マーロールは剣士らしからぬ長身で細身の、腰まである純白の髪を持つ妖艶《ようえん》な男でした。そして彼はある大きな秘密を持っていました。

【問73】

いつまでもタイスにとどまるわけにはいかないと、グインたちは脱出計画を実行します。

そのさなか、スイランがスーティをさらってひとり逃げ出すという事態が発生しました。スイランはやはりゴーラからの手の者だったのです。スーティをめぐり、グインとスイランの間で激しい応酬《おうしゅう》が繰り広げられます。しかしそれによって時間を無駄にしてしまった彼らは、再びタイス伯爵に囚《とら》われの身となりました。

ある夜、グインはタイス伯爵の城の中で一つの部屋に迷い込みました。そこで彼はタイスの公子の幽霊に出くわします。その幽霊はその昔闇に葬《ほうむ》られた公子の怨霊《おんりょう》でした。怨霊はグインを自分と同じ永劫《えいごう》の時の中に引き込もうとしました。

グインは魔剣によって幽霊を成仏《じょうぶつ》させます。すると部屋の中央に、地下に繋《つな》がる穴が現われました。おそるおそるグインがその穴に降りてみると、そこには広大な地下水路が広がっていました。


【初級】スイランの本当の名は？

【中級】地下水路に巣くう白いワニはなんと呼ばれている？

【上級】幽霊公子の名は？

【解答】
【初級】ブラン
【中級】ガヴィー
【上級】ユーリ・タイ・リー

【解説】

スイランことブランは、マルコと同じようにもともとカメロンがヴァラキア海軍提督だったころからの部下で、ゴーラに来てからはドライドン騎士団副団長、准将《じゅんしょう》としての地位を与えられていました。以前《煙とパイプ》亭が襲われたときなどもカメロンの右腕として勇敢に戦っています。

今回イシュトの子供の存在を知ったカメロンの命により、変装してグインたちの仲間になり、スーティの身柄を確保する機会を窺《うかが》っていたのでした。

タイス伯爵の城、《紅鶴城《べにづるじょう》》の地下には広大な地下水路が広がっていました。過去、歴代の伯爵の怒りにふれた何人もの者たちがここに落とされ、二度と地上に出られぬまま亡くなっていきました。ユーリ公子もまたその一人で、先代の伯爵の世継ぎとして生まれましたが訳あって世に出ることを許されず、地下水路に落とされて十七歳の若さで亡くなったのでした。

そうして落とされていった者の中には水路に巣くう白いワニ《ガヴィー》に食い殺された者も大勢いました。水路とガヴィーの存在は街の人々の噂となるほど有名でしたが、本当にそれを見た者はほとんどいませんでした。それを見た者が生きて戻ることがなかったためです。

水路にはガヴィーのほかにも《水賊》と呼ばれる者たちやスライと呼ばれる半人半妖の生物が住んでいました。そして彼らを束《たば》ねる地下帝国の王が《白のマーロール》でした。

【問74】

グインが地下水路を探索しているその頃、フロリーはひとり眠れない夜を過ごしていました。少し外の風にあたろうと、そっと部屋を抜け出し、庭園で花を摘《つ》んでいると突然声をかけられました。驚くフロリーに、続いてかけられた言葉は「水を持ってきてくれ」でした。

フロリーがあわてて部屋から水を持ってきて差し出すと、その男は一気に水を飲みほしました。彼女を侍女と勘違いし命令したその男は、なんと水神祭りのためタイスを訪れていたクムの大公その人でした。大公は酔っぱらってふらふらしており、大変つらそうでした。そんな大公をフロリーは優しく介抱《かいほう》し、彼の鬱憤《うっぷん》晴らしの話し相手になってあげます。逃げ出したいと思ってはいましたが、フロリーの性格ではそうすることしかできませんでした。

タイスの気質に飽き飽きしていた大公は、打算なく優しく接してくれたフロリーに一目惚れをしてしまいます。しかし、それによってフロリーは大きな受難を迎えることになったのです。

【初級】フロリーが介抱したクムの大公とは誰？
【中級】クムの大公に気に入られたフロリーに嫉妬《しっと》した、タイス伯爵の娘の名は？
【上級】この時、クムの大公はなぜ外に出ていた？

【解答】
【初級】タリク
【中級】アン・シア・リン
【上級】アン・シア・リンが寝床に潜んでいたから。

【解説】

タリクは前大公タリオの三男で、紅玉宮《こうぎょくきゅう》の惨劇《さんげき》から逃げだし、イシュトヴァーンの策略によって大公に即位した男です。まだ若く、タリオに寵愛《ちょうあい》されて育ったため、世間知らずでうぬぼれやなところがありました。

タイ・ソン伯爵からの夜ごとの宴攻《うたげぜ》めに疲れていたタリクはその日も宴を切り上げ、ようやく寝床につこうとします。するとそこにはタイ・ソンの娘アン・シア・リンが裸で潜んでいました。伽《とぎ》を求める彼女にタリクは驚き、あわてて外に飛び出して休んでいたところでフロリーと出会ったのです。

アン・シア・リンはタイ・ソン伯爵の長女でまだ十八歳の娘です。父親譲りの性格で、大公妃の座を手に入れるために彼女は手段を選ばず大公にせまりますが、残念なことに伯爵とそっくりな顔を持っていたためタリクに相手にされませんでした。

次の日、タリクはフロリーを呼び出し、自分の側仕《そばづか》えになってくれとせまります。強引にせまるタリクからフロリーが懸命に逃れようとしているところに、この様子をのぞき見していたアン・シア・リンが乗り込んできます。タイ・ソンも交えての修羅《しゅら》場《ば》が繰り広げられ、そこに巻き込まれたフロリーは訳もわからないまま牢屋に閉じ込められてしまいました。

【問75】

いよいよ水神祭りが始まりました。

グインだけでなく、ブランとリギアも闘技会に出場させられました。ブランは早々にわざと敗退し自由の身となりましたが、リギアは愛馬マリンカを取り戻すために勝ち進み、ついには優勝して女闘王の称号を獲得しました。

そして最終日、グインは大闘王の座をかけてクムの英雄と呼ばれた男と戦いました。それまでの試合とは違い、グインも死力を尽くしての闘いとなりました。幾度《いくど》か剣を交えたのち、すさまじい英雄の一撃がグインを襲い、グインの剣を二つに折ってしまいます。それは、誰もがグインの死を予感した瞬間でした。しかし、次に二人が交錯したあと、人々は英雄の脇腹に、折れたグインの剣が深々と突き刺さっているのを目にしました。そう、グインが勝ったのです。しかし、グインもまた左腕に深い傷を負っていました。

騒然とする会場に、《白のマーロール》が現われます。そして彼は、新たな大闘王となったグインの代理人として、タイ・ソン伯爵の長年の悪行に対する告発を始めました。


【初級】クムの英雄と呼ばれた剣闘士の名は？

【中級】マーロールが告発の中で明かした自分の出生の秘密とは？

【上級】マーロールの告発を受けてタイ・ソン伯爵を裁いたクムの元宰相《さいしょう》は？

【解答】

【初級】ガンダル

【中級】タイ・ソン伯爵の子供であること。

【上級】アン・ダン・ファン

【解説】

ガンダルはクムにその人ありといわれた英雄で、これまで二十年間ずっと大闘王の座に君臨しており、その背丈はグインよりも大きく、体はたくましく見事なまでに鍛え上げられていました。その昔、人々がグインの正体を噂するときには必ず名前が挙がったほどの人物です。反面、赤子を食らうなどと化け物のように噂され、恐れられていましたが、実際には、努力と鍛錬によって自分の肉体と精神を究極まで磨き上げた、本物の剣闘士でした。

マーロールは告発の中で、母はタイ・ソンの寵姫《ちょうき》であったルー・エイリンであったこと、その母は伯爵妃の怒りをかって地下水牢に投げ落とされ、自分はそこで生まれ育ったことなど、出生の秘密を明かします。彼はタイ・ソンに対する復讐を果たすため、いままで機会をうかがっていたのでした。

アン・ダン・ファンは現在は高齢のため公職を退《しりぞ》いていますが、先代のタリオ大公の時代には左丞相《さじょうしょう》として辣腕《らつわん》をふるっていました。タリクが大公になったときも実権は彼が握っていたといってよいでしょう。タイ・ソン伯爵を失脚させた彼は、マーロールを利用価値ありと見て、タイスの新たな伯爵に任命します。こうしてタイスの新しい時代が幕を開けることになりました。

そして、グインたちも地下水路を使ってようやくタイスを脱出することができ、長かったタイス冒険譚《たん》は終わりを告げました。

【問76】

タイスを脱出したグイン一行は、無事パロに到着しました。パロの人々のみならず、「ルアーの忍耐」の言葉を守ってグインを待っていた竜の歯部隊の兵士たちや、ケイロニアから迎えにやってきたハゾスやトールらは王の帰還に大いに沸《わ》き立ちました。

グインと再会を果たしたリンダは、グインの記憶を甦《よみがえ》らせるためにある行動を取りますが、それでも彼の記憶が戻ることはありませんでした。

グインが記憶をなくしたのは古代機械による転送が影響しているのではないかと考えた一同は、グインを古代機械のもとに連れていきます。グインは閉ざされた古代機械の扉に手をふれてみました。すると青白い光が彼を包み込み、そして古代機械はグインを吸い込んでしまいました。しばらくして古代機械がグインを解放したとき、グインの身には驚くべきことが起こっていました。

一方、フロリーはこのままパロにいたのでは周りの人々に迷惑がかかると考え、スーティを連れてパロを離れ、ミロク教の聖地でひっそりと暮らすことを決意します。

【初級】古代機械に吸い込まれたグインの身に起こったこととは？
【中級】フロリー親子が向かったミロク教の聖地とは？
【上級】グインの記憶を甦らせるためにリンダが取った行動とは？

【解答】
【初級】体と記憶の一部が修復された。
【中級】ヤガ
【上級】グインと初めて出会った頃と同じような服装になった。

【解説】

リンダはグインと初めて出会い、ノスフェラスを彷徨《さまよ》っていた頃と同じように革の服装に身を包み、結い上げた髪の毛をすべてほどいてグインの前に現われました。女王としてはあるまじき姿でしたが、グインのために必死なリンダはそんなことはおかまいなしでした。

グインの記憶は甦りませんでしたが、二人の手がふれた瞬間、大宇宙のイメージが二人に流れ込んできます。これにより、グインはリンダが他者とは異なる特別な存在であることを意識します。

古代機械はグインを「修復」しました。グインがガンダルとの闘いによって受けた左肩の傷は最初から全くなかったかのようにきれいになりました。しかし記憶については昔のことは思い出したものの、パロの内乱以降のことは全く覚えていませんでした。グインの記憶は古代機械、もしくはそれをあやつる者によって都合のいいように調整されてしまったのです。

ヤガは沿海州の南西にある小さな都市で、ミロク教の信者のみが住んでいるといわれ、信者であれば一度は巡礼に訪れたいと願う聖地です。ヤガであればスーティをめぐる国家間の面倒にも巻き込まれず、静かに暮らせるであろうとフロリーは考えたのです。

旅立ちの日、フロリーとスーティはグインに別れを告げます。二人との記憶が欠落してしまったグインは、見知らぬ親子のはずなのに、彼女たちに対して胸が妙に騒ぐことを不思議に思うのでした。

【問77】

ついにグインはケイロニアに戻ってきました。偉大なる王の帰還に国民の心は歓喜に満ちあふれました。なかでもすっかり弱ってしまい明日をも知れぬ身となっていたアキレウス大帝は、グインと再会したとたん、驚くべきスピードでみるみるうちに容体《ようだい》を回復させていったほど、その喜びは大きなものだったのです。

さっそく、王の帰還を祝う、盛大な宴が開かれます。しかし、そこにグインの妻である王妃シルヴィアの姿はありませんでした。その頃シルヴィアは公《おおやけ》の席には顔を出さず、王妃宮の部屋に閉じこもって日々を過ごすようになっていました。

グインはシルヴィアと会おうとしましたが、シルヴィアは体調不良を理由に拒否します。繰り返し面会を拒み続けるシルヴィアに、グインはとうとうしびれをきらし王妃宮に乗り込みました。必死に止める侍女たちを振り払い、王妃の部屋に入ると、そこは暗く、散らかり放題に汚れ、腐臭《ふしゅう》に満ちていました。

そして、その部屋にシルヴィアはいました。

【初級】部屋に引きこもるシルヴィアの身に起きていた出来事とは？
【中級】シルヴィアが唯一そばによることを許していた侍女の名は？
【上級】この時、シルヴィアを診察した医師の名は？

【解答】
【初級】妊娠
【中級】クララ
【上級】カストール博士

【解説】

シルヴィアは、どの男のものとも知れぬ子を宿していました。まともな食事も取らず、ずっと暗い部屋の中だけで過ごしていた彼女は、ひどく痩《や》せて腹だけが膨《ふく》れあがった醜《みにく》い姿になっていました。

ショックを受けたグインは泣き叫ぶシルヴィアを残して早々に退散し、あとの処理を信頼している宰《さい》相《しょう》ハゾスに託します。ほかのことであればどんな困難でも自分で打ち破っていくグインですが、シルヴィアのことだけはどうすることもできない、まさにシレノスの貝殻骨《かいがらぼね》（弱点）だったのです。

クララはシルヴィアが唯一心を許した侍女でした。彼女の面倒はすべてクララが見ており、ほかの者は近づくことさえ許されていませんでした。シルヴィアがクララに寄せる信頼は、遠い昔に彼女がオクタヴィアをクララと勘違いして心情を吐露《とろ》したことに端《たん》を発しているため、そのことを知らないクララには、自分がシルヴィアに好かれている理由が判りませんでした。しかし、このあとクララに起こる出来事を考えると、それはあまりにも不幸な勘違いだったといえましょう。

ハゾスはシルヴィアの診察を、カシス神殿の祭司長にして長年ケイロニウス皇帝家に仕えているカストール博士にまかせます。カストール博士は黒曜宮の陰謀事件の時にもグインやハゾスと一緒に事件の解決に活躍した人物です。

そして、これからを案じて途方に暮れていたハゾスのもとに、赤子誕生の報《しら》せが届きました。

【問78】

シルヴィアが産み落とした赤子は男の子でした。この子の存在を公《おおやけ》にするわけにはいかないと、闇に葬《ほうむ》ってしまおうとするハゾスでしたが、彼もまた人の子の親であり、罪のない赤子を手にかけることはできませんでした。

彼はどうしてもグインに事実を知らせることはできず、シルヴィアの妊娠は想像妊娠であり、赤子は生まれなかったと嘘をついてしまいました。そして悩んだ末、ハゾスは盲目の選帝侯ロベルトに相談します。聡明《そうめい》で心優しいロベルトは、グインに嘘をついたのは間違いだったと思うとハゾスに告げました。そしてシルヴィアの子供を預かり、自分の領地で静かに育てることを約束します。

ハゾスは赤子の父親を明らかにするため、侍女たちを尋問にかけました。その結果、一人の従者が浮かび上がり、ハゾスはその男にすべて罪をかぶせてしまうことで問題を片付けてしまおうとしました。

一方、グインはシルヴィアのもとを訪ね、優しく自分の彼女を思う気持ちを伝えます。しかし、それでも深く傷ついた彼女の心を開くことはできませんでした。

【初級】シルヴィアの子供の父親とされた従者の名は？

【中級】シルヴィアの子供につけられた名は？

【上級】グインがシルヴィアに最後にかけた言葉は？

【解答】
【初級】パリス
【中級】シリウス
【上級】「さようなら。シルヴィア皇女殿下」

【解説】

パリスはずっとシルヴィアに付き従っていた従者で、体は大きく腕っぷしも強いが鈍重で無口な男でした。シルヴィアが街に出かけるときは必ず従っており、毎夜のように刹那《せつな》の快楽に身をゆだね、奔放《ほんぽう》にふるまうシルヴィアを見て心苦しく思っていましたが、盲目的に彼女を崇拝している彼には彼女のふるまいを止めることはできませんでした。

右が薄い青、左が黒と、左右で異なる色の瞳を持って生まれた子供は、ロベルトによってシリウスと名付けられました。物語の中では、豹頭の英雄シレノスと従者バルバスのサーガの中に出てくる、闇と光とが結婚して生まれた魔物の名とされたその名前ですが、栗本薫の別作品ではとても重要な人物の名前であり、物語の未来で、必ずふたたび登場するはずだったと思われます。

シルヴィアの奇行は、アモンの罠による《夢の回廊》でグインに剣で斬りかかられたことに端を発していました。彼女は愛する男が自分の姿に剣を振り下ろすことができるということに強い衝撃を受け、その時から自暴自棄《じぼうじき》になってしまったのです。しかし、古代機械に記憶を修正されたグインは、その時のことを覚えていませんでした。それゆえ、シルヴィアが負った深い心の傷を理解することはできませんでした。それは物語の中でも一、二を争う悲しい場面となりました。グインは自分がそばにいることでシルヴィアが苦しむのだと思い、彼女に別れを告げます。

【問79】

一方、パロではヴァレリウスが近年急激に中原全体に信者を増やしているミロク教について懸念《けねん》を抱いていました。教徒は禁欲的で非戦闘的であり、直接的なパロへの脅威《きょうい》にはなりえないとしても、その実、ミロク教自体の実態が非常に不透明なことにヴァレリウスは不安を感じていたのでした。

それを聞いたヨナは、自分がヤガへ行って現在のミロク教の様子を調べてくると持ちかけます。そして、パロの貴重な人材をこれ以上失うわけにはいかないと反対するヴァレリウスを押し切り、ヨナはヤガに向けて旅立ちました。ヨナにとっては、ヤガに巡礼に向かった知り合いの一家からの連絡が全く途絶えてしまっていたことも、大変気がかりなこととなっていたのです。

ヤガに向かうには避けて通ることはできない草原地帯を一人で渡るのは危険なため、ヨナは同じヤガに向かうミロク教徒の巡礼団と行動をともにすることにします。しかしそれは悲劇的な結末と、ヨナにとって運命的な出会いをもたらすことになりました。

【初級】ヨナがヤガに向かう際に渡った湿原の名は？
【中級】ヨナが気にかけていた知り合いの親子の名は？
【上級】ヨナが合流した巡礼団の団長の名は？

【解答】
【初級】ダネイン大湿原
【中級】ラブ・サンとマリエ
【上級】オラス

【解説】

ダネイン大湿原はパロの南方に位置し、東のウィレン山脈からの雪解け水でできあがったといわれる大きな湿原です。その大きさはパロの国土の半分ほどもあり、パロと草原地方を行き来する場合は必ずこの湿原を渡らなければなりません。交通量は結構多く、「ダネインの泥舟」と呼ばれる船を使って一日に多いときには千人もの人々が行き交います。

ラブ・サンはクリスタルで手広く絹織物の貿易をしていたミロク教徒の富豪で、パロの内乱をきらって一家そろってヤガに巡礼に向かいました。実はその娘マリエとヨナはお互いに好意を寄せ合う仲であり、将来的には彼女と結婚の可能性も考えていたヨナは、その後も彼女と手紙のやりとりをしていたのですが、あるときから連絡がぷっつり途絶えてしまっていたのでした。

ヨナは南マルガの小さな宿で、サラミスからやってきたオラスを団長とする巡礼団の一員に加えてもらいます。総勢二十五人の年配の農民たちで構成されたこの小さな団は、さらに大きな巡礼団との合流を願いますが、それはかなわず、仕方なく彼らだけでヤガに向かいました。しかし、チュグルに近い草原で、不幸にも草原の民の中でも凶悪なカシン族に襲われてしまい、オラス団の者たちは全滅の憂《う》き目にあいます。ヨナもあわやという時、別の草原の民が現われ、ヨナを救ってくれました。

それは草原の風雲児と呼ばれたスカールその人でした。

【問 80】

ゴーラでは、グインとの一騎打ちに敗《やぶ》れ、瀕死《ひんし》の重傷を負ったイシュトヴァーンがようやく回復し、再び中原制覇の野望に燃えて動き出していました。彼はリンダと結婚し、ゴーラとパロを融合させるという荒唐無稽《こうとうむけい》とも思われるアイデアを実行に移します。一国の王としての立場も考えず、自分であればリンダを口説き落とせるとばかりにカメロンのいうことも聞かず、わずか一千の兵を連れて勝手にイシュタールを出てパロに向かってしまいます。あわてて追いかけ彼を止めようとするカメロンでしたが、何にも縛られることのないイシュトヴァーンの自由な情熱にふれ、自分がなぜヴァラキアを捨ててここへ来たのか、それはゴーラという国を守るためではなくイシュトヴァーンを守るためではなかったのかと自戒《じかい》し、すべてを捨ててイシュトヴァーンと行動を共にしようとします。しかしその瞬間、カメロンのもとに重大な報《しら》せが届きます。カメロンはそれに対応するため、すぐさまゴーラの首都イシュタールにとって返すことになりました。

一方、イシュトヴァーンはそのままパロに乗り込み、リンダに求婚しました。

【初級】この時、カメロンに届いた報せにあった、ケイロニアで起こった大事件とは？
【中級】イシュトヴァーンからの求婚を断るためにリンダたちがでっち上げた理由とは？
【上級】イシュトヴァーンと会うのを避けるため、マリウスが取った行動とは？

【解答】
【初級】サイロンでの黒死病の流行
【中級】リンダとアル・ディーンとの婚約
【上級】マルガに避難した。

【解説】

カメロンのもとに届いた報せは「ケイロニアの首都サイロンで黒死病が激発し、多くの民が死に至っている」というものでした。そう、ついに外伝一巻『七人の魔道師』と正篇の時間軸が重なり合ったのです。同時に和平交渉の使節がゴーラにやってくるとの報せを聞いたカメロンは、イシュトヴァーンの冷ややかな目を振り切り、苦い思いを抱えたままゴーラに戻りました。

一方、突然やってきたゴーラの軍勢にパロはあわてましたが、これは侵略ではなく、正式な交渉の申し入れであるというイシュトヴァーンの言葉に、パロ側は彼を受け入れざるをえませんでした。

儀礼を重んじるパロに対して、イシュトヴァーンは自分流にふるまってみせました。自由勝手気ままなその姿に、遥か昔の草原の頃の自分を思い出し、多少の心を揺さぶられるリンダでしたが、今自分はパロという国を背負っており、もう昔には戻れないのだということもよくわかっていました。

どうあってもイシュトヴァーンの求婚を受けるわけにはいかないリンダとヴァレリウスは、しかたなくパロ聖王家の血筋を守るためと称して、ナリスの弟であるアル・ディーン王子と、ナリスの喪が明けたら結婚することになっているのだ、ということにします。しかしアル・ディーンとはイシュトヴァーンとも旧知のマリウスのことであり、彼のことをよく知っているイシュトヴァーンに会わせるわけにはいかず、この間マリウスをマルガに避難させたのでした。

グイン・サーガの三十年②

1999.06　『グイン・サーガ・ハンドブック1』刊行。
1999.07　先に刊行された『グイン・サーガ・ハンドブック』の改訂版。
　『グイン・サーガ・ハンドブック2』刊行。
2000.06　『月刊コミックフラッパー』（メディアファクトリー）にてコミック「グイン・サーガ七人の魔道師」連載開始。
2002.10　外伝第十七巻『宝島（上）』刊行。
　イラストレーターが丹野忍氏になるが、この後刊行された正篇第八十七巻『ヤーンの時の時』は末弥氏だった。丹野氏のイラストによる正篇は第八十八巻『星の葬送』からになる。
2003.06　英語版一巻『THE GUIN SAGA Book One: The Leopard Mask』（米 Vertical 社）刊行。
2003.09　『末弥純グイン・サーガ画集』刊行。
2004.02　『別冊宝島　グイン・サーガ PERFECT BOOK』（宝島社）刊行。
2004.09　『グイン・サーガ・オフィシャル・ナビゲーション・ブック』刊行。
2005.04　第百巻『豹頭王の試練』刊行。
　『グイン・サーガ・ハンドブック3』刊行。
　『百の大典』開催。
　百巻達成を記念したイベントで東京九段会館にて開催された。内容は栗本薫インタビュー、歴代イラストレーター座談会、、中島梓ライブ、クイズ大会などであった。
2006.09　『グイン・サーガ BOX PANDORA』発売。

『グイン・サーガ・オフィシャル・ナビゲーション・ブック』の表紙イラストを立体化したフィギュアのほか、いろいろなアイテムを収録した限定ボックス。

『栗本薫 THE COMIC グイン・サーガ』（ジャイブ）刊行。

正篇のコミックのほか、栗本薫作品である『優しい密室』と『夢幻戦記』のコミックが収録されている。

2006.12 「パロの大舞踏会」開催。

百十一巻刊行記念で新宿の小笠原伯爵邸にて開催された室内コンサート。

2009.03 グイン・サーガ誕生三十周年記念出版『新装版グイン・サーガ』刊行開始。

アニメ放映にあわせ、原作となる一巻から十六巻までを全八巻にまとめ、アニメのキャラクターをカバーにした、新書サイズの単行本。六月に完結。

2009.04 アニメーション『グイン・サーガ』ＮＨＫ　ＢＳ２で放映開始。

2009.05 栗本薫氏、膵臓癌にて死去。享年五十六歳。

2009.07 三十周年記念出版第二弾、『グイン・サーガの鉄人』（本書）刊行。

三十周年記念出版第三弾、豪華限定版『GUIN SAGA』刊行。

第一巻から第百巻までを二分冊にした記念合本。限定生産品。特典として、グイン・サーガ創作ノート（抜粋）、オリジナル・イラスト・シート付き。

（社名が明記されてない刊行物はすべて早川書房の刊行）

第五部

出題範囲
外伝第1巻～第21巻

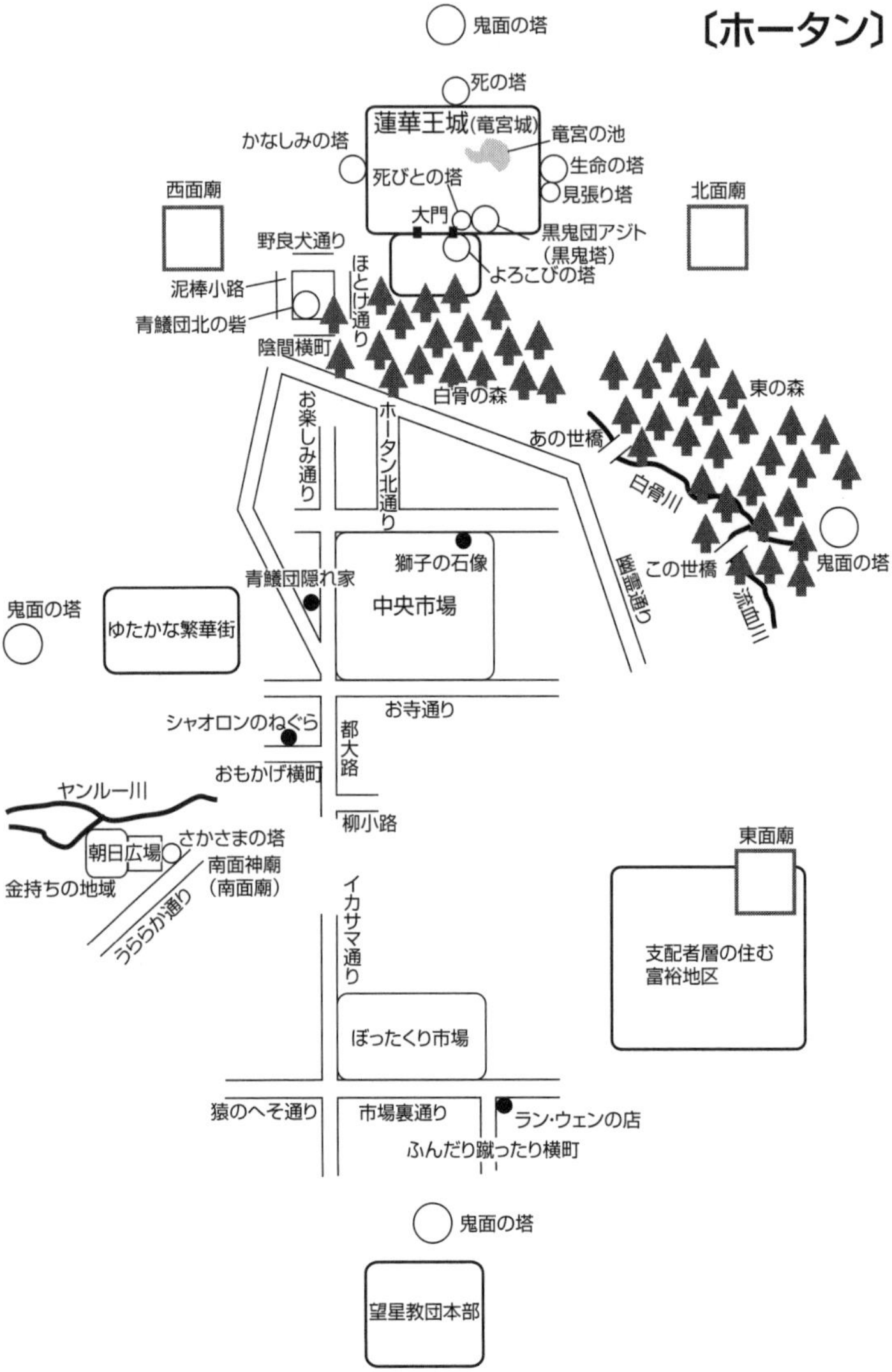
〔ホータン〕
鬼面の塔
死の塔
蓮華王城(竜宮城)
竜宮の池
かなしみの塔
生命の塔
死びとの塔
見張り塔
西面廟
北面廟
大門
黒鬼団アジト
(黒鬼塔)
よろこびの塔
野良犬通り
ほとけ通り
泥棒小路
青鱶団北の砦
陰間横町
白骨の森
東の森
あの世橋
お楽しみ通り
ホータン北通り
白骨川
幽霊通り
この世橋
鬼面の塔
流血川
獅子の石像
青鱶団隠れ家
中央市場
鬼面の塔
ゆたかな繁華街
お寺通り
シャオロンのねぐら
都大路
おもかげ横町
ヤンルー川
柳小路
さかさまの塔
朝日広場
南面神廟
(南面廟)
金持ちの地域
うららか通り
東面廟
イカサマ通り
支配者層の住む
富裕地区
ぼったくり市場
猿のへそ通り
市場裏通り
ラン・ウェンの店
ふんだり蹴ったり横町
鬼面の塔
望星教団本部

【問81】

新しい年が明けてまもなく、ケイロニアの首都サイロンを襲った黒死の病は、この国にふりかかることになる、さらなる災厄の先ぶれに過ぎませんでした。

サイロンの上空に浮かんだ巨大な二つの顔。闇に閉ざされた上空を荒々しく駆け回る、姿の見えぬ地獄の馬。苔《こけ》むした太古の隠者、大導師が生み出した人工生命、南から来た邪教《じゃきょう》の女、醜い矮人《わいじん》、石の目の盲人、そして東方の大国キタイの大魔道師。力ある黒魔道師がサイロンに集《つど》い、グインが身のうちに秘める巨大なエネルギーを我がものにせんと、破壊の限りを尽くしました。

自分の愛するサイロンを守るべく、白魔道師イェライシャの力を借りて、その巨大な闇の力にケイロニア王グインは立ち向かいます。しかし圧倒的な敵の力の前に、さしものグインも敗《やぶ》れ去るかに見えました。


【初級】この『七人の魔道師』事件の際にグインと出会い、のちにグインの愛妾《あいしょう》となった踊り子の名は？

【中級】その踊り子がグインと出会う前に仕えていた魔道師の名は？

【上級】この時、《会《え》》と呼ばれる事象が起こっていましたが、これは具体的には何のこと？

【解答】
【初級】ヴァルーサ
【中級】クモ使いのアラクネー
【上級】星々の直列

【解説】
日食、月食などのように星々が直列する《会》は、魔道師にとっては自分のエネルギーを増幅する絶好の機会になっています。そして、この事件の時に起こった《会》とは、六百年に一度という珍しい恒星の直列だったのです。この好機にグインを我がものとして、未曾有《みぞう》の力を身につけようと黒魔道師たちがこぞってもくろんだことが、サイロンに大きな災いをもたらす原因となりました。

グインとヴァルーサが出会ったのは、黒死の病について助言を受けるために、グインがまじない小路《こうじ》に住むイェライシャのもとを訪ねた時のことでした。突如としてグインの前にヴァルーサが現われ、グインに助けを求めたのです。

ヴァルーサが仕《つか》えていた女魔道師アラクネーは、闇から呼び出した巨大な蜘蛛《くも》のような怪物を飼っており、自らに仕えていた踊り子たちをその餌にしようとしていました。ヴァルーサを追って現われた怪物の顎《あぎと》には、アラクネーの生首がぶら下がっていました。そう、アラクネーは自らが飼っていたこの怪物に食われてしまったのです。

イェライシャはヴァルーサを見て、彼女がグインを守る黄金の盾となるだろうと予言しました。そしていずれは強い子を産むだろうとも。そしてその予言通り、グインの愛妾となったヴァルーサは、やがてグインの初めての子を産み落とすことになるのです。

【問82】

アルゴスでレムス、リンダと別れて北へ向かったグインは、クムの近くでマリウスと出会い、ともに旅をすることになりました。

道中、迷い込んだミイラの立ち並ぶ死の都では、その口づけで死をもたらすという死の娘や、いにしえの王の亡霊と出会い、生命の秘密を握るという秘宝をめぐる冒険に巻き込まれました。生と死の秘密をもてあそんだ王たちが生み出したおぞましい怪物を倒したグインたちは、再会したイシュトヴァーンとともに、さらに北へと向かいます。

中原の北端たるナタール河を越えた北方で彼らは、氷の中に閉ざされたまま千年を生きてきたという神秘の女王が治める国を訪れました。その時、その平和な国を黒小人、そして邪悪な巨人ロキが襲いました。彼らはそれと戦って倒すと女王の国に別れを告げ、南のケイロニアを目指して旅立っていきました。

【初級】グインたちが訪れた死の都と北方の女王の国、それぞれの名は？
【中級】死の都でグインと再会した時、イシュトヴァーンは何を仕事としていた？
【上級】北方の女王の国を守っていた三つの試練とは何？

【解答】
【初級】死の都ゾルーディア、北方の国ヨツンヘイム
【中級】死刑執行人
【上級】生命ある霧フルゴル、地獄の犬ガルム、妖蛆《ようそ》クロウラー

【解説】
死の都ゾルーディアは、各国の王族や貴族などの遺骸をミイラにするという、死を産業とした奇怪な都市でした。当時、この国を治めていた王以上に人々が敬意を払い、また恐れていたのが死の娘タニアでした。タニアはいにしえの王にして魔道師でもあったアル＝ケートルの愛人で、彼によって永遠の命を与えられたといいます。そして、その不老不死の秘密と深く関わっていたのが、秘宝「イリスの石」でした。

このゾルーディアでは、死の都の名にふさわしく、死は恩寵《おんちょう》であるとされていました。そして住民にその恩寵を与える役目を担《にな》っていたのが死刑執行人です。グインたちより一足先にゾルーディア入りしていたイシュトヴァーンはこの時、死刑執行人ギルドの頭領にのし上がっていました。そして彼が率いる死刑執行人たちが起こした反乱が、ゾルーディア崩壊のきっかけとなったのでした。

一方、氷の女王クリームヒルドが治めるヨツンヘイムは、周囲とは時間の流れも違う、不思議な閉ざされた国でした。そのヨツンヘイムを侵入者から守っていたのが、人間を生きながらにして包み込み、溶かしてしまう霧フルゴル、決して眠らない三つの頭をもつ狂暴な地獄の番犬ガルム、そして酸を吐き、鋭い歯をもつ巨大な妖蛆クロウラーでした。このうち、クロウラーはグインによって殺されたため、現在では替わって地獄の大蛇がヨツンヘイムを守っています。

【問83】

イシュトヴァーンに大きな転機が訪れたのは、十六歳の時でした。

ヴァラキアの下町チチアで、持ち前の機転と生まれながらの人を魅了する力でいっぱしの顔になっていたイシュトヴァーンは、ひょんなことから、幼い天才少年を借金取りの手から救い出します。少年の災難の陰に、彼の美しい母と姉へのある貴族の横恋慕《よこれんぼ》があると知ったイシュトヴァーンは、その貴族の手から少年を救い出し、それまでためていた金をすべてはたいて、少年をパロへと送り出してやりました。

その半年後、今度は自身が貴族の標的となったイシュトヴァーンは、彼に目をかけていたカメロン提督に助けを求め、ともに南の海の冒険へ赴《おもむ》くべく、ヴァラキアを出航していきました。そこで彼が出会ったのは謎の幽霊船、復讐に燃えるヴァイキング、そして不気味な巨大な怪物でした。それはイシュトヴァーンの波乱に満ちた人生の真の始まりでもありました。

【初級】この時、イシュトヴァーンが貴族の手から救った天才少年とは？
【中級】南の海の冒険で、イシュトヴァーンが遭遇した巨大な怪物とは？
【上級】南の海の冒険で、イシュトヴァーンと恋仲になったヴァイキングの女とは？

【解答】
【初級】ヨナ・ハンゼ
【中級】クラーケン
【上級】ニギディア

【解説】

イシュトヴァーンが救った少年ヨナは、貧しい石工の家に生まれた敬虔《けいけん》なミロク教徒でした。ヨナから読み書きを習うかわりにと、ヨナの苦境を救い、パロへと送り出してくれたイシュトヴァーンは、ヨナにとっては長らく第一の恩人でもありました。のちに学問で頭角を現わし、ナリスの股肱《ここう》のひとりとなったヨナと、ゴーラ王となったイシュトヴァーンとの再会が、あのような苦いものになろうとは、この頃の二人は想像もしていなかったことでした。

半年後、ヨナに続いて故郷を離れることになったイシュトヴァーンを待っていたのは、幻想的な冒険でした。行方不明になった僚船《りょうせん》の探索に向かう、カメロン率いるオルニウス号に乗り組んだ彼は、南の海で巨大な蛸《たこ》のような怪物クラーケンに襲われて海に落ちたところを、北方のタルーアンから来たヴァイキングの船に救われました。

星々から来たとも伝えられ、人間を生きたまま喰らうというクラーケンを七年にわたり追ってきたというヴァイキングは、彼らの仲間の魂を奪ったクラーケンへの復讐に燃えていました。そして、その船に乗っていたのが、恋人をクラーケンに奪われたという美しい女ニギディアでした。

ニギディアとの短い恋と、その後の彼女の運命は、イシュトヴァーンの心に深く刻み込まれました。そしてイシュトヴァーンは初めて自分で手に入れた船にニギディアの名を与えたのでした。

【問84】

南の海でカメロンと別れたイシュトヴァーンは、一国の王になるという夢の実現へ向けて歩み出しました。

小さいながらも船を手に入れ、《ニギディア》号と名付けたイシュトヴァーンのもとには、彼のカリスマ性に魅せられた若者たちが続々と集まってきました。彼らを率いて、若き海賊の長となったイシュトヴァーンが目指したのは、伝説の大海賊が残したという血塗られた財宝の探索でした。

祭りで沸き立つダリア島でのひとときを経て、意気揚々《いきようよう》と船出したイシュトヴァーンたちを待っていたのは、苛烈《かれつ》にして冷酷な海賊たちの掟でした。百戦錬磨《ひゃくせんれんま》の彼らの前に若く未熟なイシュトヴァーンたちはなすすべもなく、あるものはとらえられ、あるものは殺され、イシュトヴァーンも失意のうちに海賊の囚《とら》われ人となりました。

そしてその海賊とともに訪れた財宝の島は、まさしく呪われた島だったのです。

【初級】ダリア島で行なわれていたドライドン祭の別名「マグノリア祭」のマグノリアとは何のこと？
【中級】当時のイシュトヴァーンの右腕で、イシュトヴァーンを助けて海賊に殺されたのは誰？
【上級】呪われた財宝を残した伝説の大海賊とは誰？

【解答】
【初級】　植物の名前
【中級】　ライゴールのラン
【上級】　クルド

【解説】
マグノリアとは、ダリア島にしか見られない珍しい花で、常夏《とこなつ》のこの島で一年中、白い大輪の花を咲かせています。その果実を乾燥させたものは媚薬《びやく》や没薬《もつやく》として、また花弁を乾《ほ》したものは料理や香水に用いられる貴重な香料として銀にも匹敵する高価で取引されており、小さな島であるダリア島を潤《うるお》わせています。

ライゴールのランは、イシュトヴァーンがダリア島に立ち寄る前、《ニギディア》号をイシュトヴァーンが手に入れた時から彼の右腕となりました。もともとチチアにいた頃に出会い、義兄弟の契《ちぎ》りを結んでいた二人は、その四年後にイフィゲニアの島で運命の再会を果たしたのです。イシュトヴァーンにとってはランこそが、最初にして最後の、本当の意味での相棒であったかもしれません。

その二人が狙っていた財宝を残したのが、伝説の大海賊クルドでした。《皆殺し》クルドと呼ばれ、恐れられた彼は、海賊を退《ひ》く時に財宝をすべてナントの島に隠し、その財宝に何ぴとも近づけないように南方の邪教ヴーズーの呪いをかけた上、財宝の秘密を知るものをことごとく殺してしまった、といわれています。イシュトヴァーンはその財宝を目にした最初のひとりとなりましたが、その時、彼の胸に去来していたのは、財宝探しに血道を上げることのむなしさでした。このことが、彼をして海に別れを告げさせるきっかけとなりました。

【問85】

その類《たぐ》いまれな才能と麗質こそ知られていたものの、少年時代のナリスは孤独で病弱な、陰の存在であるに過ぎませんでした。

しかし、その彼の立場は十八歳の誕生日を機に一変します。パロ聖王家では成人となったことを意味するこの日に備え、密かに細剣《レイピア》の腕を磨いていたナリスは、彼の病弱を嘲《あざけ》っていた聖騎士侯たちを驚かす剣の冴えを見せ、武勇の誉《ほま》れ高いベック公ファーンを馬上剣の試合で破るなど、その日聖王から拝命した文武の長たるクリスタル公の名にふさわしい活躍を示し、一躍パロ宮廷の新たな英雄としてもてはやされるようになりました。

パロ中の若い貴族の娘たちがナリスに憧れを抱き、宮廷で毎夜のように催される舞踏会では、ナリスの周りにはいつも彼を崇拝する娘たちの輪ができました。しかし、その娘たちの崇拝は、かえってナリスの孤独を募らせるものともなっていたのです。

【初級】この頃のナリスの恋人で、かつてパロ国内を揺るがせた内乱の原因ともなった絶世の美女の名は？

【中級】王立学問所の学生だった十六歳のナリスに、キタイの留学生を装って近づいたのは誰？

【上級】ナリスは第何代のクリスタル公だったでしょう？

【解答】
【初級】フェリシア
【中級】グラチウス
【上級】第五十七代

【解説】
ナリスの父アルシス王子と、その弟アル・リース王子（のちのアルドロス三世）はかつてパロを二分する骨肉の争いを演じました。それは王位を巡る争いであると同時に、当時パロ宮廷にデビューした一人の美少女の愛をめぐっての争いでもありました。その美少女こそが、大貴族サラミス公フォルスの娘にして、その後何十年もの間パロ宮廷一の美女の名をほしいままにしたフェリシア姫でした。

その争いに敗《やぶ》れて王位を弟に譲ったアルシス王子が若くして亡くなったこともあり、クリスタル宮廷から遠ざけられたまま、マルガ離宮で半ば軟禁された状態で育てられたナリスは、事の真相について長らく知らずにいました。しかし、キタイの留学生ヤン・スー・ファンを名乗ってナリスに近づいたグラチウスの魔道により真実の一端を知った彼は、パロ宮廷に対して新たに沸いた複雑な思いを胸にフェリシアのもとを訪れ、彼女と恋仲となったのでした。

以来、彼は学問や得意にしていた音楽のみならず、レイピアの稽古《けいこ》にも励むようになりました。それは体力に劣る彼に合った唯一の武器でもありました。そして叔父たる王と父のかつての経緯から、味方よりも敵の多い宮廷で彼の身を守るための賭《かけ》にも等しい手段でもあったのです。

かくしてナリスは第五十七代クリスタル公に任命されました。それは実に三十年以上の空位の時代を経ての、久々のクリスタル公の誕生でした。

【問86】

ナリスは、その鋭い知性を活かし、いわば探偵役として数々の難事件を解決してきました。

十五歳の頃、まだマルガ離宮で弟ディーンと孤独に暮らしていたナリスは、離宮付きの女官が次々と行方不明になるという事件に遭遇しました。湖から現われた巨大な蛇神にさらわれたのだという目撃者も現われたその不思議な事件は、その目撃者が何者かに殺害されるという殺人事件にまで発展しました。しかしナリスはその難事件を、リギアらの協力も得て見事に解決に導きました。

拷問《ごうもん》により体の自由を失いマルガで療養《りょうよう》していた頃にも、退屈しのぎとばかりに当時クリスタルを騒がせた幽霊騒動に端《たん》を発した難事件に挑みました。数人のアムブラの学生が若くして命を落としたその事件の背後に潜んでいた因縁と浅ましい欲望を、ナリスは遠く離れたマルガに身を横たえたまま、見事に解決して見せたのでした。


【初級】この二つの事件が描かれた外伝のタイトルはそれぞれ何？

【中級】最初の事件の舞台となったマルガの湖の名は？

【上級】マルガで療養中のナリスが好んで飲んでいた、最高級カラム水の商品名は？

【解答】
【初級】『消えた女官―マルガ離宮殺人事件―』『ふりむかない男』
【中級】リリア湖
【上級】ハンニウス商会の黄金の雫《しずく》

【解説】

「アルド・ナリスの事件簿」と銘打たれたグイン・サーガのシリーズ内シリーズは、これまでに『消えた女官―マルガ離宮殺人事件―』と『ふりむかない男』の二長篇のほか、『グイン・サーガ・ハンドブック2』収録の短篇「クリスタル・パレス殺人事件」が発表されており、どれもファンタジー・ミステリとして異彩を放つ存在となっています。

『消えた女官』の舞台となったリリア湖は、風光明媚《ふうこうめいび》な観光名所として、物語の中でも幾度《いくど》となくその美しさが讃《たた》えられています。毎年一回、リリア湖で行なわれる湖水祭は、湖の守り神として、湖の中央にある女神島に祭られているリア女神に捧げる祭りとして盛大に行なわれ、誰もがこぞって町へ繰り出す賑《にぎ》やかにして華やかな、マルガの人々の大きな楽しみとなっています。事件が起こったのはちょうどこの湖水祭の時で、この時に流布《るふ》していた伝説の奇妙さが、ナリスが事件を解決する糸口となりました。

『ふりむかない男』で描かれた事件は当初、古い屋敷によくあるような幽霊話と、いたずら好きの学生の暴走がもたらした事件であると見られていました。しかし、そこにはパロの一大産業であるカラム水が大きく関わっていました。そして、ナリスが愛飲していた最高級品「ハンニウス商会の黄金の雫」の味わいの変化が、思わぬかたちで事件の真相へと繋がっていったのでした。

【問87】

誘拐されたシルヴィアの行方を求めて訪れた、ユラニアの首都アルセイスでのイェライイシャとの再会が、グインの長い単独行の始まりでした。

誘拐された皇女シルヴィアの行方を指し示す手がかりはゾルーディアにあるとのイェライイシャの言葉に、グインは魔の都と化した死の都を再び目指しました。黄昏《たそがれ》の国の女王と、砂漠の若き狼王を供に従え、グインはゾルーディアの魔物と死闘を繰り広げました。そしてグラチウスがシルヴィアとマリウスを攫《さら》い、キタイの首都ホータンにある塔の中に監禁していることを知ります。

ゾルーディアの罠を突破し、ホータンへ向かう途中に立ち寄った半人半妖の国フェラーラで、グインは四千年前にこの地に降臨したという女神アウラ・シャーと出会いました。それは彼が求めてやまない、彼自身の素性につながる大きな手がかりでもありました。しかし、その手がかりは彼の手をすり抜けて去り、彼はグラチウスの魔道によってホータンへと飛ばされてしまったのでした。


【初級】この冒険でグインの供をすることになった、黄昏の国の女王を自称する大鴉《おおがらす》とノスフェラスの狼王の名は？

【中級】ゾルーディアに入る直前、グインに魔物を斬る剣を献上したのは誰？

【上級】フェラーラの女神アウラ・シャーの姿には、どのような特徴があるでしょう？

【解答】

【初級】ザザとウーラ

【中級】スナフキン

【上級】純白の猫頭、背中に生えた一対の真っ白な羽根

【解説】

半ば強引にグインの供をかってでることになったザザとウーラは、それぞれになかなかの力を持った妖魔でした。物質界と魔界のあいだに位置するという黄昏の国の女王を自称するザザの正体は大鴉ですが、旅の間はとてもセクシーな女性に変身し、時折グインにせまってみせては困らせることもありました。ウーラはかつてノスフェラスの狗頭山《ドッグヘッド》でグインを助けた砂漠の狼王ロボの子で、母方から地獄の犬ガルムの血も引いていることから、何にでも変身できる能力を持っています。この旅では巨大な馬に変身することが多く、グインをおおいに助けました。

ザザやウーラとともにグインの前に現われた黄昏の国の住人の中にいたのが、北方の小人族、鍛冶屋《かじ》スナフキンでした。スナフキンが鍛《きた》えてグインに献上したスナフキンの魔剣は、普段は姿をみせず、グインの求めに応じて手の中に現われて、普通の剣では切ることのできない魔のものを切ることができるという名剣です。この魔剣は、これ以後ことあるごとにグインを助けて活躍することになります。

フェラーラの女神アウラ・シャーは、これまでにグインが手にした自分の素性《すじよう》の手がかりのうち、最大のもののひとつでした。アウラという名前、猫頭という外見からしてグインとのつながりをうかがわせる彼女は、グインの妻アウラ・カーの末の妹であると名乗りました。あるいはこの時が、グインにとっては自分の素性にもっともせまった時であったのかもしれません。

【問88】

グインが飛ばされたホータンは、竜頭人身の魔王ヤンダル・ゾッグの苛烈《かれつ》な支配により魔都と化していました。暴力と妖魔が支配するこの街を必死に生き抜こうとする少年たちと知り合ったグインは、彼らの力を借りて、シルヴィアが監禁《かんきん》されている《さかさまの塔》を探し出しました。

さかさまの塔に足を踏み入れたグインは、さまざまな罠をくぐり抜け、さらにはグラチウスの手下の妖魔ユリウスとの戦いも制し、ついに塔の最上階へたどり着きます。しかし、そこに監禁されていたのはシルヴィアではなく、マリウスでした。

ユリウスとの戦いの中で、シルヴィアがホータンの東にそびえる鬼面《きめん》の塔にいるとの情報を得たグインは、罠と承知しつつも鬼面の塔へと向かいます。その塔は、巨大な物神《ものがみ》の化身《けしん》である生きた塔でした。グインはシルヴィアを求め、塔の中、すなわち物神の胎内へ果敢《かかん》に飛び込んでいきました。


【初級】グインが知り合った少年たちが結成していた《青鱶団《あおふか》》のリーダーは誰？

【中級】鬼面の塔と化した物神の名前は？

【上級】さかさまの塔へグインを案内した僧侶の名は？

【解答】
【初級】リー・リン・レン
【中級】ライ・オン
【上級】カル・カン

【解説】
青鱶《あおふか》団の少年たちを束ねるリー・リン・レンは、片足がやや不自由な、小柄でやせた少年でした。しかし、その知能はきわめて鋭く、リーダーシップにあふれたカリスマ性を備えていました。グインは彼のその才能と英雄たるべき器を見抜き、ケイロニア王として彼を支援することを約束しました。グインの見込み通り、リー・リン・レンはのちに頭角を現わし、先頭に立ってヤンダル・ゾッグへの反旗を翻すことになります。

その青鱶団の手助けで見つけ出したさかさまの塔は、なんと観光名所となっていました。そのため塔に入るためにグインは入場料を支払わされるはめになりました。その時、グインを案内したカル・カンは、ホータンで信仰を集めるゼド教の僧侶にして魔道師でした。その一族は有名な魔道師を何人も輩出《はいしゅつ》しているといいますから、あるいはかのカル＝モルも彼の一族の出であるのかもしれません。

さかさまの塔では救えなかったシルヴィアを求めてグインが向かった鬼面の塔は、ホータンの東の森にそびえる奇っ怪な塔でした。鬼面神ライ・オンの生きた体でもある塔の四面には、四兄弟だという鬼の顔があり、それぞれの額には不気味な第三の目が開いていました。塔全体には小さな顔がフジツボのようにびっしりと付着しており、それぞれがこぞって悪意に満ちた呪詛《じゅそ》を吐き散らしていました。この鬼面の塔こそが、魔都と化したホータンをもっとも象徴《しょうちょう》する存在だったといえるでしょう。

【問89】

鬼面神ライ・オンの胎内は異次元の迷路と化していました。四層に分かれた胎内には、巨大な蜘蛛《くも》、古代の領主の幽霊、巨人族サイクロプスの生き残りなどが棲《す》みつき、人を惑わす美しくも凶々《まがまが》しい吸血の花園が広がり、遠い水の惑星の海底や、宇宙へと繋《つな》がる回廊までもが存在していました。しかしグインはそのすべてを突破し、ついにライ・オンを倒すとともにグラチウスの手からシルヴィアを奪い返しました。

最終的にシルヴィアが監禁《かんきん》されていた望星《ぼうせい》教団で数々の不思議な体験をしたグインは、シルヴィアをつれてホータン市内へと戻ります。その時ホータンは大混乱に陥っており、リー・リン・レン率いる青鱶《あおふか》団も激しい戦いに巻き込まれていました。グインは最後の戦いで青鱶団を救うと、マリウスとシルヴィアを連れて中原への帰還の旅に出発しました。

【初級】キタイの望星教団は、中原では一般に何という名で知られているでしょう？
【中級】巨人族サイクロプスの姿には、巨大であるということのほかにどんな特徴があるでしょう？
【上級】望星教団でいう「アルゴン」とは何のこと？

【解答】

【初級】キタイの暗殺教団

【中級】一つ目

【上級】人間が石化すること

【解説】

かつて地上を支配した巨人族サイクロプスは、《古き者ども》との闘いに敗《やぶ》れて滅びました。ライ・オンはその最後の一人ガトゥーを胎内で自らと一体化させ、長らく塔の番人を務めさせていました。

そのサイクロプスの最大の武器にして最大の弱点だったのが、その顔の中央の一つ目でした。その一つ目は見るものを呪縛《じゅばく》し、虜《とりこ》にする力を持っていましたが、同時にその目をつぶされてしまうと何もできない無力な存在となってしまう急所でもあったのです。

毒にも武器にもすぐれた暗殺技術を持つことから中原の歴史の裏舞台でもしばしば暗躍し、謎の暗殺教団として恐れられている望星教団は、古代帝国カナンに発した長い歴史を有する教団です。暗殺以外にも契約によってさまざまな仕事を引き受けることでも知られており、この時にはグインと契約して青鱶団の後ろ盾となることを約束しました。

望星教団でいうアルゴンとは、教団が《ミー・ア・リーンの融合》と呼ばれる秘儀を用いて永遠の命を得るために肉体を石化させることをいいます。全身がアルゴン化したものは《達成者《ボーディナー》》と呼ばれ、その肉体を永遠に保管されます。しかし現在の教主ヤン・ゲラールは、右半身だけ青緑色に石化した奇妙な肉体を持っており、このような例は教団史上初めてのことであるといいます。そのためゲラールは教団にとって、教主であるということ以上に注目される存在となっているのです。

【問90】

シルヴィアとマリウスをともない、中原を目指してノスフェラスを行くグイン一行を怪異が襲いました。怨霊《おんりょう》渦巻く蜃気楼《しんきろう》の嵐とともに現われた、蜃気楼の娘を名乗る不思議な少女に誘《いざな》われたグインは、かつて数千年前に栄え、一夜にして滅びた大帝国カナンの在《あ》りし日の幻を目にしました。

そこでは、今の中原とほぼ変わらぬ平和な暮らしを送る人々の姿がありました。しかし、突如として現われた巨大な星船から降り立った謎の銀色の巨人が街を襲い、闘いの末に星船は墜《お》ち、爆発し、一夜にして大帝国カナンを滅亡させてしまいました。

カナンという国の霊、そしてカナンに暮らした人々の霊、それこそが蜃気楼の嵐、そして蜃気楼の娘の正体でした。図らずも知ることとなった彼らの無念、そして彼らの哀しみを胸に、グインは中原へと戻っていきました。


【初級】大帝国カナンが滅亡したのは、正篇で描かれている時代から約何年前のこと？

【中級】グインをカナンの幻へと誘った蜃気楼の娘の名は？

【上級】大帝国カナン最初の皇帝と最後の皇帝の名は？

【解答】

【初級】三千年前

【中級】サラー

【上級】ラー、コーネリアス

【解説】

すべての歴史がいったん失われることになった《大災厄時代》後、この世界を統一したのが、太陽王ラーが建国した大帝国カナンでした。その中心は現在のノスフェラスの東に位置するカナン山脈付近にあったといわれ、すでに近代的な水道などの施設が整えられ、人々は何不自由なく暮らしていたといわれています。その版図は、東は現在のキタイから西は現在の中原にまでおよび、その建築などに見られる優雅にしてすぐれた様式は、現在もなお典雅《てんが》の極致として中原を中心に尊重されています。

三千年前、そのカナンを一夜にして滅亡させ、その中心部を不毛の砂漠ノスフェラスへと変貌《へんぼう》させた事件は、この世界最大の謎の一つとされていました。大隕石《いんせき》によるものともされていたその真相は、ノスフェラスの中心グル・ヌーの地下に眠っていた巨大な星船の墜落によるものでした。グインが目にした幻は、カナン滅亡前後に繰り広げられた真実のすべてにほかならなかったのです。

巨人の襲撃、墜落の衝撃、爆風、そして放射能。それらがカナンの人々の平穏《へいおん》な暮らしを跡形もなく奪い去りました。その死の運命は貴賤《きせん》を問わず、善悪を問わず、年齢を問わず、ありとあらゆる人々を等しく襲いました。若き皇帝として君臨していたコーネリアスも、そして悲劇から立ち直り、生きる気力を取り戻しつつあった少女サラーも、すべてこの巨大な死の中に飲み込まれていきました。そして彼らすべての思いだけが、蜃気楼の嵐となっていつまでも砂漠をさまよっていたのです。

第六部

難問スペシャル

出題範囲
既刊全巻

【問91】

『グイン・サーガ』は主人公グインを中心とする多くの登場人物たちの出会いと別れが複雑に絡み合い、織りなされていく物語です。

次の登場人物たちの出会った順番を物語の時系列順に並べてください。

A. ナリス ― イシュトヴァーン
B. グイン ― カメロン
C. スカール ― リギア
D. イシュトヴァーン ― ヨナ
E. グイン ― リンダ

【解答】

D．イシュトヴァーン　―　ヨナ
E．グイン　―　リンダ
A．ナリス　―　イシュトヴァーン
C．スカール　―　リギア
B．グイン　―　カメロン

イシュトヴァーンとヨナの出会いは外伝六巻『ヴァラキアの少年』です。これは正篇一巻より四年ほど前の話になりますので、この中ではこれが最初の出会いになります。

その次はもちろん正篇一巻の『豹頭の仮面』のルードの森でのグインとリンダの出会いになります。

そして次は正篇十四巻『復讐の女神』で、密書をたずさえてパロにやってきたイシュトヴァーンとナリスとの出会いになります。

スカールとリギアの出会いはその少しあと、正篇十五巻『トーラスの戦い』で、このときにはすでにスカールがリギアのことを気に入っている様子が描かれています。

そして最後は、正篇六十七巻『風の挽歌』で《煙とパイプ》亭にトーラスのオロの伝言を伝えに来たグインと、常日《つねひ》ごろからこの店を見守っていたカメロンとの出会いになります。

【問92】

次の①〜⑩は、誰の言葉でしょうか。

①「私の神の国の板にしるされた名は――孤独、というのだ。永劫の孤独――と」
②「でも、私がそうして平凡な幸福な一生をおくりたいと望むのは、そんなにいけないこと？――幸福になりたい、と私が思うのはそれほど罪悪なのかしら？」
③「これに懲《こ》りてドレスの裳裾《もすそ》でもひき、宮殿の舞踏会で男の首をとるがいい。その方が似合いだぞ、おてんば姫どの！」
④「それなら、もうぼくはおじけたりしない。たとえそれがドールのものだとしても――どうすればいいかはヤヌスが決めて下さるだろう」
⑤「きさまに限り、武士道など俺は認めん！」
⑥「……おそすぎるよ。それではおそすぎる――それでは、遅すぎるんだ！」
⑦「だが、それでも……ひとの身の心弱さ、この子を……すべての恩讐《おんしゅう》をこえて愛することは、私にはできぬ」
⑧「死をうけいれなさい。死すべきさだめを、人の子としての定《じょう》命《みよう》のうちにあることを。死をうけいれよ。そのとき生ははじめてあなたのものになる」
⑨「な、な、何をおっしゃる、ウサギさん」
⑩「明日、また君に歌ってあげるよ。ぼくは、いつだって、君のために歌ってきたんだよ」

【解答】

①アルド・ナリス　②シルヴィア　③グイン　④レムス　⑤スカール　⑥イシュトヴァーン
⑦アムネリス　⑧リンダ　⑨ヴァレリウス　⑩マリウス（アル・ディーン）

①『愛の嵐』から。ナリスに愛の告白をしたリンダに対する言葉。父母に疎《うと》まれ、弟に去られ、深く傷ついてきたナリスの心の奥底が見えるような言葉です。

②『アムネリアの罠』から。愛を育《はぐく》みつつあったグインへの無邪気な言葉。この直後、彼女を襲った悲劇から、シルヴィアの運命はこのささやかな願いから遠くかけ離れたものとなっていきます。

③『ノスフェラスの戦い』から。ノスフェラスの戦場でのアムネリスに対する痛烈な一言。

④『望郷の聖双生児』から。この独白をきっかけに、カル＝モルの亡霊に心を開いたレムス。この一言が、のちにあれほど過酷な運命をパロにもたらすとは、誰も想像できなかったでしょう。

⑤『嵐の獅子たち』から。仇敵《きゅうてき》イシュトヴァーンを倒す千載一遇《せんざいいちぐう》のチャンスに叫んだ言葉。

⑥『サイロンの悪霊』から。王になるという野望への助力をグインに断られた時の悲痛な叫び。イシュトヴァーンの運命のひとつの分岐点となりました。

⑦『運命の糸車』から。一子ドリアンを産み落として自害した際の独白。

⑧『愛の嵐』から。①のナリスの言葉に対する一言。二人を包み込んだ不思議な光と鈴の音の中で、愛を知ったナリスとリンダに与えられた、これは神託だったのでしょうか。

⑨『アムネリスの婚約』から。密かな恋心を寄せていたリギアの言葉にうろたえての一言。

⑩『十六歳の肖像』から。新婚間もない妻オクタヴィアへの言葉。サービス問題ですね。

【問93】

上欄の①〜⑥の花言葉を持つ中原の花を、下欄のⓐ〜ⓕから選んで下さい。

①私を見つめて下さい
②ひそやかな真実の愛
③貞節と情熱
④孤独
⑤心がわり
⑥激しい偽りの愛

ⓐフェリア
ⓑロザリア
ⓒアムネリア
ⓓマリニア
ⓔマウリア
ⓕルノリア

【解答】

①-ⓕ　②-ⓓ　③-ⓑ　④-ⓔ　⑤-ⓐ　⑥-ⓒ

ルノリア：真紅（まれにピンクや白）の大輪の花を咲かせる広葉の低木。赤くて丸い実は食べられませんが、とてもいい香りを放ちます。別名「ルアーのバラ」。別の花言葉に「燃えるような愛」。

マリニア：白く可憐《かれん》な小さな花。その名は聖女王マリーナにちなんでいます。もっともマリーナ女王はマリニアよりも、華やかなアムネリアを好んでいたといいます。別の花言葉に「不安な愛」。

ロザリア：紫や青の多弁の花。花芯は薄紅《うすべに》や黄色で、香料のような甘い強い香りを放ち、品質の高い蜂蜜が取れます。ナリスが愛した花としても知られています。別の花言葉に「自由」。

マウリア：さわやかな甘い香りの白い花を咲かせる低木。枝にはとげがあり、紫の実は砂糖漬にして食されています。花びらはお茶や酒の香りづけにも使われます。リンダを象徴《しょうちょう》する花でもあります。

フェリア：とても香りの強い白い花を咲かせる広葉の常緑樹。かなりの高さにまで育つユラニアを象徴する花で、別名「アルセイス・リリー」。グインの愛馬の名前ともなっています。

アムネリア：黄金《こがね》色に薄く紅《べに》を刷《は》いた、薄い花弁が何百枚にも重なった大きな花。むせかえるような強烈な甘い香りを放つ「花の女王」。「光花」「炎の花」とも呼ばれています。

そのほかの代表的な花としては、青い花カリニア、香水の原料ともなる婚礼の花サルビオ、白と薄紅色の花ユーフェミア、草原に咲く白い花カリンカ、ダリア島特産の白い花マグノリア、質のいい蜂蜜が取れるエリニア、高貴な花として珍重されるナタリア、美しいラヴィニアなどがあります。

【問94】

次の単語はすべて、中原での動物の名称です。それぞれ何を表しているでしょうか。

A. ガーガー
B. ガトゥー
C. コーコ
D. ゴロン
E. チーチー
F. トルク
G. バウ
H. フラー
I. ミャオ
J. ランダド

【解答】

A. カラス（＝ガーガー）
B. クジラ（＝ガトゥー）
C. ロバ（＝コーコ）
D. 豚（＝ゴロン）
E. アリ（＝チーチー）
F. ネズミ（＝トルク）
G. 犬（＝バウ）
H. ヒツジ（＝フラー）
I. 猫（＝ミャオ）
J. カエル（＝ランダド）

ほかにも以下のようなものがあります。

ニュール＝ナメクジ、イライラ＝蚊、グーラグーラ＝カブト虫、ペアール＝海豹《あざらし》、ライク＝うなぎ、コーイー＝ハイエナ、ブンブン＝蠅、カリル＝りす、コッカ＝かもめ、イーラル＝クジャク、チチア＝もぐら、ビスクス＝エビ、プローニイ＝夜鳴きフクロウ、フフルー＝トカゲ、イボー＝イノシシ、コッカ＝カモメ、レンティミャオ＝ウミネコ、ウラヌク＝ウツボ、ガーヴ＝サメ、イーラー＝蛇、ヨーム＝メダカ、バル＝熊、カピラ＝毛虫、バウルー＝ゴリラ、ドーピー＝トド、ボアー＝虎、チチア＝もぐら、タンク＝ラクダ。

【問95】

上欄の①〜⑩のヤヌス教の神々と最も関係の深い言葉を、下欄のⓐ〜ⓙ、ⓚ〜ⓣの中から、それぞれ一つずつ選んで下さい。

①ヤヌス
②ヤーン
③ドール
④ルアー
⑤イラナ
⑥イリス
⑦サリア
⑧ドライドン
⑨ダゴン
⑩カルラア

ⓐ月の女神
ⓑ風の神
ⓒ運命神
ⓓ軍神
ⓔ愛の女神
ⓕ悪魔神
ⓖ音楽の神
ⓗ創造神
ⓘ狩の女神
ⓙ海神

ⓚ蛇の尾
ⓛ竜の尾
ⓜ八つ又の尾
ⓝルアーの妻
ⓞルアーの妹
ⓟ双面
ⓠ両性具有《りょうせいぐゆう》
ⓡ美青年
ⓢ双子の兄弟
ⓣ三兄弟

【解答】

①-ⓗⓟ　②-ⓒⓚ　③-ⓕⓜ　④-ⓓⓡ　⑤-ⓘⓝ

⑥-ⓐⓞ　⑦-ⓔⓢ　⑧-ⓙⓛ　⑨-ⓑⓣ　⑩-ⓖⓠ

ヤヌス：ヤヌス教の主神にして創造神。過去を表す老人の顔と未来を表す青年の顔を持つ。

ヤーン：すべてを見通す力を持つ運命神。山羊《やぎ》の足と時《とき》を指し示す長い蛇の尾を持つ一つ目の老人。

ドール：地獄を支配する悪魔神。曲がりくねった角と八つ又の尾、黒い羽根を持つ。

ルアー：軍神にして太陽神。天馬アイオーンが引く黄金のチャリオットで天空を翔《かけ》る青年神。

イラナ：勝利を司《つかさど》る狩の女神。ルアーの妻。長い光の髪を持ち、風の白馬を駆る。

イリス：月と夜の女神。ルアーの妹。月光で織り上げた髪を持ち、青白い馬車で天空を翔る。

サリア：愛と快楽の女神。恋の神トート、子宝の神トートスの双子の兄弟の母。

ドライドン：海神。白髪、青髭《ひげ》、竜の尾を持つ大兵肥満《だいひょうひまん》の神。沿海州では主神として崇《あが》められる。

ダゴン：風と雨の神。雷の神ライダゴン、雪の神エルダゴンとの三兄弟で気象を司る。

カルラア：歌舞音曲の神。巨大な翼と鳥の顔を持ち、乳房と男性器を備えた両性具有《りょうせいぐゆう》神。

このほかのヤヌス教の神々としては、純潔の女神ゼア、医学と学問の神カシス、商業の神バス、貪欲《どんよく》と土の神イグレック、闇と火の神ミゲル、復讐の女神ゾルード、嫉妬《しっと》の女神ティア、不和の女神エリス、炎の女神レイラ、暁《あかつき》の女神アウラ、寿命の女神ディード、死の女神ドーリア、盗人の神モーグ、頑固《がんこ》の神ヘル、眠りの神ヒプノス、知識の神ラモスなどがあります。

【問96】

『グイン・サーガ』の世界には多くのことわざや独特の言い回しがあります。
上の日本語の言い回しに対応する、下の言葉の空欄を埋めてください。

出たとこ勝負　○○○○が運を決める
大船に乗る　○○○○○に水先案内をさせる
盗人にも三分の理　盗んだ金で○○を建てる
掛合い漫才　○○○○の楽しみ
武士の情け　○○○の慈悲
とんびに油揚げ　○○○が○○○に肉をとられる
袋のねずみ　行き止まりの○○○
馬子《まご》にも衣装　○○○も晴れ姿
まな板のコイ　皿に乗った○○○
灯台もと暗し　○○○に見えないのは自分の頭のまんなかだけ
シャカに説法　○○○に運命の不思議を説く
どんぐりのせいくらべ　○○○の勢揃い
壁に耳あり障子に目あり　地に○○○○○の耳、空に○○○の目

【解答】
出たとこ勝負
大船に乗る
盗人にも三分の理
掛合い漫才
武士の情け
とんびに油揚げ
袋のねずみ
馬子にも衣装
まな板のコイ
灯台もと暗し
シャカに説法
どんぐりのせいくらべ
壁に耳あり障子に目あり

サイコロが運を決める
ドライドンに水先案内をさせる
盗んだ金で神殿を建てる
カルラアの楽しみ
ルアーの慈悲
ミャオがトルクに肉をとられる
行き止まりのトルク
ドールも晴れ姿
皿に乗ったカフ魚
ヤヌスに見えないのは自分の頭のまんなかだけ
ヤーンに運命の不思議を説く
カラムの勢揃い
地にイグレックの耳、空にヤーンの目

ほかにも、トルクの穴に銀色トルク＝掃《は》き溜《だ》めに鶴、水で割ってもカラム水はカラム水＝くさってもタイ、シレノスの貝殻骨＝弁慶の泣き所、バスの心配＝杞憂《きゆう》、イグレックよりヤーンが賢い＝百聞は一見に如《し》かず、ドールの姉妹はドーリア＝カエルの子はカエル、などがあります。

【問97】

次の①〜⑧の説明に当てはまる食べ物・飲み物をⓐ〜ⓡの中から選んで下さい。

①とても高価なクムの特産物。高貴で魂を浄化する「サリアの飲み物」と呼ばれる。
②ガティ麦の粉を練り、粒状に丸めたもの。マルガでは香料で煮込んだ魚と一緒に食べる。
③南方で飲まれるヤシ酒。白くて甘い風味がある強い酒で、炭酸水で割って飲むこともある。
④太古のカナンで親しまれていた清涼水。行商人がコップで量り売りするのが一般的。
⑤乾燥したカンの実の粉末など、七種類の香料を混ぜ合わせた辛味調味料。クムの特産品。
⑥ダネインの干潟《ひがた》で取れるグロテスクな魚。独特の風味があり、干物にして焼いて食べる。
⑦ガティの練り粉と挽《ひ》き肉を固めて焼いた団子。香菜のソースで食べる。モンゴールの名物。
⑧米の粉から作ったビスケット状の食べ物。草原の騎馬民族が主食にする。

ⓐカラム水　ⓑユーカ水　ⓒアイナ茶　ⓓクバ乳　ⓔフラー酒　ⓕオルゴン酒
ⓖヘレヘレ酒　ⓗホアス　ⓘカム　ⓙスルスル　ⓚポイポイ　ⓛバルバル
ⓜミーフン　ⓝジャッパオ　ⓞジュー　ⓟチーサ魚　ⓠムールー　ⓡアンマーム

【解答】

①-ⓒ ②-ⓙ ③-ⓔ ④-ⓑ ⑤-ⓚ ⑥-ⓝ ⑦-ⓞ ⑧-ⓘ

右の解答以外の選択肢となった食べ物・飲み物についても解説しましょう。

カラム水：中原で最も広く嗜《たしな》まれている飲み物。干したカラムの実を煮出して作る。ほんのりとした苦みと甘みのある、濃紫《こむらさき》から赤茶色をした濃密な液体を、水やお湯などで割って飲む。北カラヴィア産のカラムを原料としたものが高級品とされる。

クバ乳：牛と馬が混ざり合ったような、キタイの動物クバの乳。米のパンと一緒に朝食にする。

オルゴン酒：北方の森で採れる黄色い木の実から作る珍しい酒。

ヘレヘレ酒：フェラーラの名物。キタイの強い白酒の中にヘレヘレ《イモリ》をつけ込んだ青い酒。同じく白酒にクルーラ《トカゲ》をつけ込んだ赤い酒をクルーラ酒という。

ホアス：馬乳で作る草原のチーズ。カムと一緒に食べることが多い。

バルバル：米の粉で作った白いパンに、甘辛く煮つけた肉や魚、香菜をはさみこんだクムの名物料理。細長くて辛い野菜ヤクと一緒に食べることが多い。

ミーフン：クム特産の米で作った麺《めん》。たくさんの具と一緒に煮込んで食べる。

チーサ魚：キタイの特産の大きな淡水魚。揚げ物や煮付けなどにして食べる。

ムールー：ぶつ切りにした貝や魚をトマトと一緒に煮こみ、ガティの饅頭《まんじゅう》に入れたヴァラキアの名物料理。

アンマーム：私たちの世界でいう「豆腐《とうふ》」のこと。クムやキタイでよく食べられている。

【問98】

地図中のⓐ〜ⓕの国名と、①〜⑥の都市名を答えて下さい。ただしⓐと④、ⓔと⑤、ⓕと⑥には同じ名前が入ります。

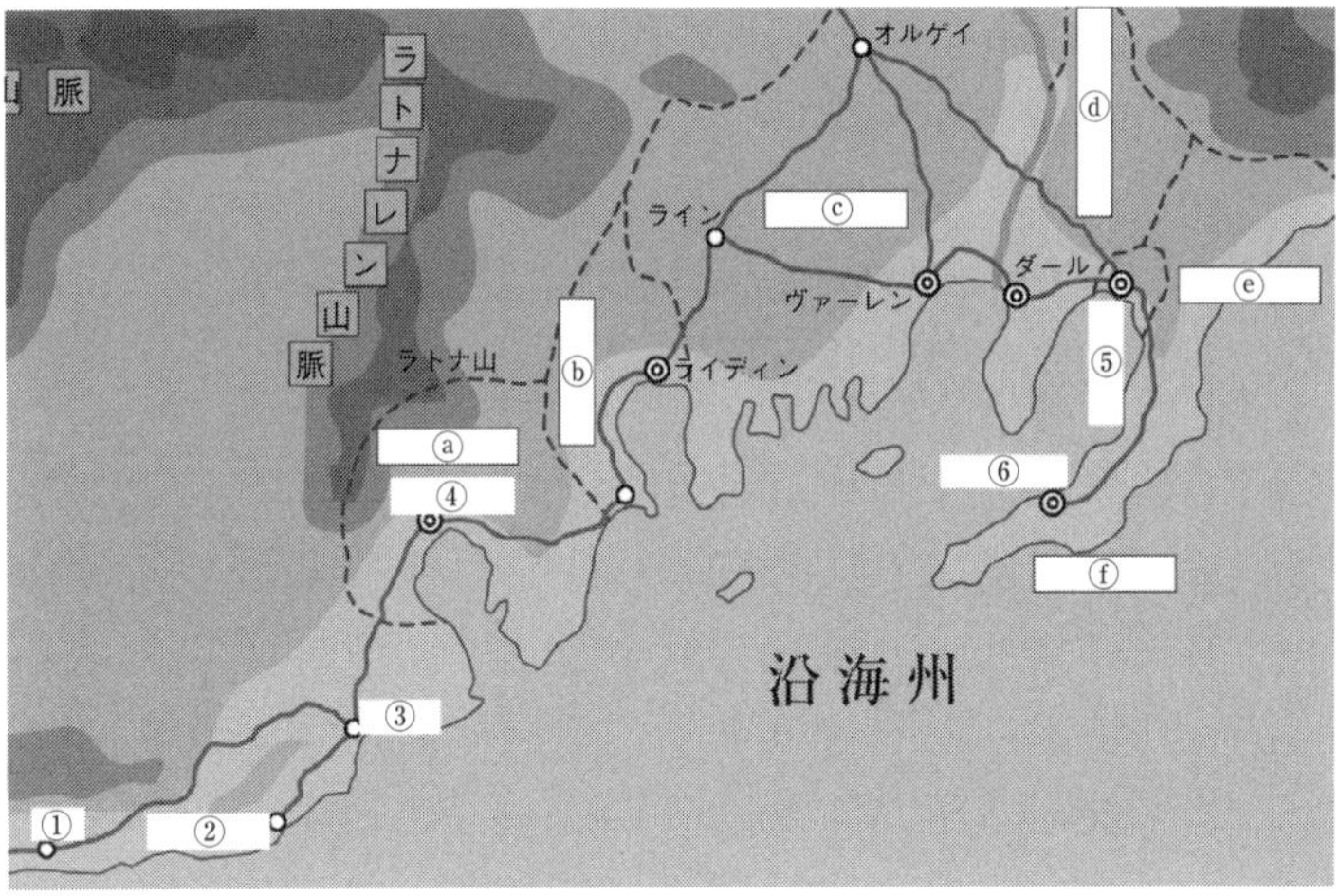

【解答】
ⓐヴァラキア　ⓑイフリキア　ⓒアグラーヤ　ⓓトラキア　ⓔライゴール　ⓕレンティア
①ヤガ　②アムラシュ　③マガダ　④ヴァラキア　⑤ライゴール　⑥レンティア

ヴァラキア：ヴァラキア公ロータス・トレヴァーンが治める古い公国。沿海州でも最も美しい国といわれ、雨期の嵐をのぞけば一年を通して気候は良い。アグラーヤと強固な同盟関係を結んでいる。
イフリキア：ヴァラキア公が任命したコルヴィヌス総督が統治する国。ヴァラキアのなかば属国のような存在だが、アグラーヤとはしばしば国境をめぐる紛争を起こしている。
アグラーヤ：ボルゴ・ヴァレン王が治める沿海州最大の王国。ダゴン・ヴォルフ首相が沿海州会議議長を務めるなど、沿海州での発言力も大きい。ライゴール、レンティアとはやや対立関係にある。
トラキア：トラキア伯オルロックが治める自治領。漁業中心の沿海州では珍しい、農業の盛んな国。オルロック伯夫人エリジアは、野心的な女傑《じょけつ》として知られる。
ライゴール：評議会制を敷く自治都市国家。典型的な商業国であり、表向きは中立を是《ぜ》とする。実質的な支配者は市長アンダヌス。かつては沿海州を支配した大国ランドヴィアの首都であった。
レンティア：女王ヨオ・イロナが治める王国。レンティア岬一帯を版図としている。強力なレント水軍を有しているが、軍事的にはほかの沿海州連合国とやや距離を置いている。
アムラシュ、マガダ：タルーアンの海賊の末裔・海人族が暮らす自治都市。沿海州会議にも参加しており、小規模な漁業を営む。ケンドル一族が治める。
ヤガ：ミロク教の聖地。世界中のミロク教徒が巡礼としてこの地を目指すといわれる。平和な都市として知られていたが、近年ではやや状況が変わりつつある。今後の中原にとって不気味な存在。

【問99】

以下の魔道に関する説明文の中で、（　）にあてはまる言葉を答えて下さい。同じ番号の（　）内には、同じ言葉が入ります。

魔道とは、物理科学とともに世界を成り立たせている体系のことであり、（①）・（②）・（③）の三つを対象とした（③）科学として位置づけられています。魔道を用いた術の代表的なものとしては、（①）を対象とした《閉じた空間》、（②）を対象とした《予知》、（③）を対象とした《結界》などが知られています。この魔道を使いこなすためには、基本的には幼い頃から特別な訓練を受けて肉体を作り替え、ある意味において人間ならざる存在とならなければなりません。このようにして魔道を使いこなせるようになった人のことを（④）と呼びます。

魔道の祖と呼ばれる（⑤）によって生み出された魔道は、現在では（⑥）と（⑦）の二種類に分かれています。二種類ともに原理には基本的な差はありませんが、（⑥）には魔道の使用に関して（⑧）と呼ばれるきびしい規則があり、（⑦）には基本的にそのような規則がないというのが大きな違いとなっています。この（⑧）は、かつて（④）の力があまりに強大化したことを危惧した科学者（⑨）が、（④）の力を抑えるために制定したもので、のちに（⑩）によって整備され、現在に至っています。

（⑥）は主に中原で発展を遂げ、正義を標榜《ひょうぼう》するヤヌスの魔道として、パロなどの一部の国々では政治体系の中にも組み込まれていますが、（⑧）の制約を嫌った一部の（④）は、（⑦）の徒としてドールに帰依《きえ》するようになりました。また歴史的な経緯から、キタイの魔道には（⑧）の制約が設けられていないため、広義の（⑦）に分類されています。

【解答】

①次元　②時間　③精神　④魔道師　⑤バンビウス

⑥白魔道　⑦黒魔道　⑧魔道十二条　⑨アレクサンドロス　⑩シルキニウス

よく使われる魔道の術としては、次のようなものがあります。

閉じた空間：重なり合う次元を利用し、往来することによって、短時間で遠方まで移動する術。

予知：運命神ヤーンの定めた星辰《せいしん》を読み解き、未来の事象を見通す術。

結界：人の精神に働きかけ、気づかれないように知覚や意志を操作する「場」を生み出す術。

心話：言葉や道具を介さずに、遠方などから相手の精神に直接イメージや言葉を送り込む術。

鬼火：掌《てのひら》の上などに、道具を用いることなく青白く冷たい炎を燃やす、ごく初歩的な術。

黒蓮の術：黒蓮の粉と呼ばれる薬物を用い、人を催眠術にかけたり眠らせたりする術。より作用の弱い赤蓮の粉、黒蓮の粉の解毒剤《げどくざい》となる黄蓮の粉、媚薬《びやく》となる白蓮の粉なども魔道では用いられる。

また、魔道十二条には次のような規則があります。

・自分の運命を知るためにみだりに魔道の術を使用してはならない。

・魔道で知った他人の運命を変更するために魔道を使用してはならない。

・魔道を使っていない者に、みだりに魔道の力を及ぼしてはならない。

・魔道によって失われた運命を復活させ、あるいはいまある生命を奪い、あるいはその姿を回復不可能なように変身させ、あるいは人工の生命を作り出してはならない。

【問100】

あとがきで予告タイトルとして紹介されているタイトルがいくつかあります。作者はこれらのタイトルが物語を書きつづっていく道標《どうひょう》となっていると語っています。

次のタイトルを、予告されてすでに使用されたもの、予告されているがまだ使われていないもの、予告タイトルとして紹介されていないもののグループにそれぞれ分けてください。

カリンクトゥムの扉
ゴーラの僭王
サイロンの豹頭将軍
ノスフェラスの彼方
ミロクの神殿
モンゴールの秘密
ラゴンの反乱
リンダの幽閉
光の公女
吸血皇帝コルラ・タルス
大導師アグリッパ
死の都サイロン
狂王ガルム
豹頭王の花嫁

【解答】
予告されてすでに使用されたもの
ゴーラの僭王（第64巻）、サイロンの豹頭将軍（第30巻）、光の公女（第27巻）、大導師アグリッパ（第75巻）
予告されているがまだ使われていないもの
カリンクトゥムの扉、ノスフェラスの彼方、ミロクの神殿、モンゴールの秘密、ラゴンの反乱、リンダの幽閉、死の都サイロン、狂王ガルム、豹頭王の花嫁
予告タイトルとして紹介されていないもの
吸血皇帝コルラ・タルス

予告タイトルはほかに、ヴァラキア号失踪、ガリキヤの戦い、スカール死す、どれい公子、フェンリルの洞窟、ムルテガの呪い、モンゴールの危機、ランドックの帝王、ランドックの秘密、ロス河の妖怪、三国戦争、人竜の帝国、光の船、売女オルーラ、女王樹の谷、流星雨の中で、獅子野の戦い、謎の地底帝国、豹頭王の復活、豹頭王の追放、黒死の船、などがあります。

なお、吸血皇帝コルラ・タルスは第三巻冒頭の「混沌《カオス》の時代」に登場しますが、予告タイトルではありません。

そしてこれらの中で「豹頭王の花嫁」が最終巻のタイトルとされていました。

残念ながら「豹頭王の花嫁」はおろか、これらの予告タイトルが今後発表されることはなくなってしまいましたが、これからもこの決して語りつくされることのない物語はいつまでも私たちの心に広がり続けることでしょう。

あとがき

『それは――《異形》であった』

この印象的な一文をあなたが初めて目にしたのはいつのことでしたか？

この本を手にとって下さったみなさんにとって、その答えはさまざまでしょう。三十年前という人もいれば、ほんの数カ月前という人もいるでしょう。いつだったか忘れてしまった人もいるでしょうし、もしかしたら、まだ目にしていないという人もいるのかもしれません。

今から三十年前、栗本薫という一人の作家が、この一文から『グイン・サーガ』という世界の扉を開きました。扉の向こうには私たちの住む世界と同じ、確かな時の流れがあり、確かな世界の広がりがあり、確かな人々の命が燃えていました。私たちはこの扉を通して『グイン・サーガ』の世界を知り、そこに息づく人々の生き様に喜び、怒り、哀しみ、胸躍らせていました。私たちはこの扉を通して現実の世界とこのもう一つの世界を行き来することが出来たのです。

しかし、この本を製作中の二〇〇九年五月二十六日、栗本薫さんは膵臓がんのため永眠されました。扉を閉じ、その向こう側に行ってしまわれたのです。謹んでご冥福をお祈りいたします。

扉はもう開くことはありません。

ですが、今も私たちの心の中にはこの大きな世界が広がっています。

この本によって、『グイン・サーガ』を愛する人々がより深くこの世界を感じ、そしてさらにこの世界での新たな発見をしてもらえたら、またこれからこの世界を愛し始める人々がもっとこの世界を知りたいと思う、そんなきっかけとなったとしたら、こんなに嬉しいことはありません。

『グイン・サーガ』を愛するすべての人と、そして『グイン・サーガ』という世界の扉を開いて下さった栗本薫さんに、心からの感謝を込めて、この本を捧げます。

検印廃止

グイン・サーガの鉄人《てつじん》

二〇〇九年七月十日 印刷
二〇〇九年七月十五日 発行

監修 栗《くり》本《もと》薫《かおる》
著者 田《た》中《なか》勝《かつ》義《よし》
八《や》巻《まき》大《だい》樹《じゅ》
発行者 早川浩
発行所 株式会社 早川書房
郵便番号 一〇一 - 〇〇四六
東京都千代田区神田多町二ノ二
電話 〇三・三二五二・三一一一（大代表）
振替 〇〇一六〇・三・四七七九九
http://www.hayakawa-online.co.jp

定価はカバーに表示してあります

印刷／株式会社亨有堂印刷所・製本／大口製本印刷株式会社

ISBN978-4-15-209052-2 C0095

乱丁・落丁本は小社制作部宛お送り下さい。
送料小社負担にてお取りかえいたします。